Un Sniper pour Noël

Un Bookboyfriend pour Noël

Emilie Delma

Avant-propos

Ce livre est une fiction. Toute référence à des évènements historiques, des personnages ou des lieux réels serait utilisée de façon fictive. Tout ressemblance avec des personnages vivants ou ayant existé ne serait qu'une pure coïncidence.

Mentions légales

© Emilie Delma, 2024 - autoédition
Tous droits réservés.

Émilie Delma
33120 Arcachon
www.emiliedelma.com

Corrections : sans aucune faute
Couverture : Estelle Every & Emilie Delma
ISBN broché : 978-2-9574345-6-5
Première édition : décembre 2024
Dépôt légal : décembre 2024

De la même autrice

DELTA FORCE
Prequel – Mila
Tome 1 – Et tout recommencer
Tome 2 – Et se retrouver

UN BOOKBOYFRIEND POUR…
en collaboration avec les Pipelettes
Un Sniper pour Noël
Un Navy Seal pour la Saint-Valentin
(sortie le 7 février 2025)

un SNIPER pour Noël

Chapitre Un

Je tenais le rôle du dindon de la farce et personne ne m'avait prévenue. Un comble, car je comptais bien faire cuire cette foutue volaille pour le repas de Noël. Debout sur le perron du chalet, je regardai l'énorme pick-up se garer. Le conducteur, derrière son volant, m'observait d'un air renfrogné. Je n'étais pas certaine que son visage supporte une autre expression, mais je devais rester ouverte d'esprit.

Les miracles n'étaient pas à exclure en cette saison, après tout.

Néanmoins, une question essentielle me titillait.

Que faisait-il là ?

Cela aurait dû être des vacances tranquilles, où je devais me reposer tout en satisfaisant ma soif de solitude. Après ces derniers mois, je les avais bien méritées. Je ne voulais voir personne – ou presque, car j'étais venue ici pour passer du temps avec ma famille.

Mais ni mon ours de frère ni ma folle de sœur n'avaient prévu de me rejoindre aujourd'hui. Et, si je me fiais à la météo, la tempête de neige annoncée me donnerait quelques jours de calme avant que la frénésie des fêtes ne s'empare de tout le monde.

Un plan parfait, menacé par l'arrivée de *Captain America*. La poisse.

Ou un complot dont je connaissais l'auteur.

Zayden extirpa sa grande carcasse du véhicule, et prit son temps pour récupérer son sac à l'arrière avant de s'arrêter au pied des marches.

— Qu'est-ce que tu fais là ?

On grogna cette phrase en même temps, sur un ton identique, ce qui me fit grincer des dents. Agacé, il marmonna quelque chose dans son souffle – des jurons, sans aucun doute –, puis franchit les quelques mètres qui nous séparaient. Dommage que lui et moi ne puissions pas nous supporter, car il était sacrément sexy. Il représentait tout ce que j'appréciais, en partant de sa chevelure brune ébouriffée et sa barbe de trois jours taillée à la perfection, jusqu'à ses yeux verts perçants. Bon sang, même sa carrure me plaisait, à la fois élancée et musclée, alors que je fuyais en général les hommes un peu trop sportifs. Hélas, le physique ne faisait pas tout, et cet adage se confirmait avec le représentant en chef des grognons ici présent.

— Le chalet est censé être libre jusqu'à janvier, l'informai-je d'un ton aussi aimable que possible.

— Je sais. C'est bien pour ça que je suis là.

— Par libre, je veux dire sans toi.

— Ou sans toi, contra-t-il avant de me dépasser et d'entrer dans la maison. Je vais appeler Micah.

Je ne pris pas la peine de répondre, car j'avais déjà sorti mon portable pour contacter la seconde responsable de ce massacre. Qu'il appelle son collègue militaire et ami, je me chargeais de la sœur de celui-ci. J'avais un mauvais pressentiment, et je comptais bien épingler les coupables de cette soi-disant coïncidence. Harper décrocha dès la seconde sonnerie, et je ne perdis pas de temps.

— Harper, qu'est-ce que t'as foutu ?

— De quoi tu parles ?

Une question légitime qui aurait pu me faire douter, si je n'avais pas capté une subtile hésitation dans sa voix. Ça ne collait pas avec son ton innocent.

Je la connaissais depuis l'enfance, lorsqu'elle venait passer les vacances chez ses grands-parents, dans ce chalet. Et nous nous étions retrouvées par hasard dans la même université, à suivre un cursus semblable. De copines de galère, on était devenues très vite des amies proches. Je la connaissais par cœur, et aujourd'hui n'échappait pas à la règle.

La garce s'amusait un peu trop à mes dépens.

— Je te jure, Harper, je vais finir par te tuer.

— Je te manquerais beaucoup trop.

— Pas si sûr. Sérieusement, pourquoi t'as envoyé Zayden ici ?

— Techniquement, je ne l'ai pas envoyé. Micah pensait qu'il avait besoin de vacances.

Ainsi, le frère et la sœur œuvraient ensemble. Cela ne me surprenait pas vraiment.

— Et vous avez trouvé que c'était une bonne idée de nous réunir au même endroit ? Est-ce que vous êtes tombés sur la tête ?

Les deux étant proches, il était habituel qu'ils regroupent leurs amis lors des différentes soirées ou sorties au restaurant. Cela se passait en général plutôt bien, sauf quand Zayden et moi devions interagir. Quelque chose chez lui m'insupportait, un mélange entre son ego et sa manie de tout contrôler. Un sentiment totalement réciproque.

— Tu sais très bien qu'entre lui et toi, c'est plus chaud que l'enfer. C'est juste un hasard que vous ayez eu besoin du chalet en même temps. Le destin fait simplement bien les choses.

— Le hasard n'a rien à voir là-dedans ! protestai-je. Ou alors il s'appelle Harper !

J'ignorai sciemment la première partie de sa réponse. Même si je n'avais jamais caché mon attirance physique pour Zayden, elle connaissait mon opinion sur lui. Rien que pour ça, elle devrait savoir que son pseudo-plan ne servirait à rien. À 27 ans, j'avais passé l'âge des relations sans lendemain.

— Appelle ça une opportunité, alors. En plus, le chalet est assez grand pour que vous puissiez cohabiter.

Pas faux. Il appartenait à la famille de Harper et Micah depuis des générations, et il était tout sauf modeste. Son subtil mélange de bois, de pierre et de modernité lui donnait un côté chaleureux, et les matériaux – tout comme les meubles et équipements – achevaient l'effet *waouh*. Il contenait assez de chambres et de pièces pour que nous puissions cohabiter sans trop nous croiser.

En théorie.

— Ne viens pas te plaindre si votre maison familiale explose, bougonnai-je.

— Allez, Riley, répliqua-t-elle en riant sous cape. Cela ne peut pas être si terrible que ça.

Chapitre Deux

— **P**as si terrible que ça, mon cul, oui.

Je marmonnais tout en rangeant rageusement les courses posées sur le comptoir de la cuisine. Le livreur venait tout juste de partir et, au vu des chutes de neige qui s'aggravaient, je devais être sa dernière cliente de la journée. Deux heures plus tôt, il me tardait de me réfugier sous un plaid, devant la télévision. Maintenant ? J'évitais soigneusement de penser que je devais partager mon espace avec Capitaine Relou ici présent.

Je fermai le placard avec plus de force que nécessaire, et sursautai lorsque je me retournai et découvris Zayden appuyé contre l'encadrement de la porte de la cuisine, les bras croisés.

Il suffisait de penser au loup pour qu'il se ramène…

— Tu comptes bouder longtemps ? lança-t-il, un sourcil levé.

Je m'approchai de lui, prenant une profonde inspiration pour garder mon calme. Je n'étais pas dupe quant à son attitude nonchalante, je l'avais entendu se plaindre auprès de Micah.

— Je ne boude pas, contrai-je, je range pour que tu aies de la place.

J'espérais qu'il appréciait mon effort à sa juste valeur et que cela donnerait le ton pour notre colocation forcée. Bien entendu, il n'en fit rien.

— J'ai pris la chambre de l'autre côté du couloir, m'informa-t-il. C'était la seule qui possédait une salle de bain.

Logique, puisque je m'étais installée dans la suite parentale. Comment aurais-je pu résister à son dressing et sa baignoire balnéothérapie, que je comptais squatter tous les soirs ? Je passai néanmoins ce détail sous silence.

— Écoute, commençai-je à la place, on est coincés ici ensemble, que ça nous plaise ou non. Pourquoi ne pas essayer de rendre ça supportable ?

Zayden décroisa les bras et s'avança dans la cuisine.

— Ça me va. Des suggestions ?

— Oui. Déjà, il faut qu'on se mette d'accord sur le partage des espaces communs. Cette cuisine, le salon, la salle à manger.

— Et le jacuzzi ? m'interrompit-il avec un petit sourire en coin.

Je levai les yeux au ciel.

— Oui, le jacuzzi aussi. Et le sauna, tant qu'on y est.

— Tu veux qu'on établisse un planning ?

Je hochai la tête, surprise par sa coopération inattendue. Si ma sœur avait été là, elle serait déjà en train de me titiller sur ma soi-disant psychorigidité. Contrairement à elle, j'avais besoin d'une organisation claire et bien définie. Rien de plus.

— On peut faire un jour sur deux, répondis-je en haussant les épaules. Cela simplifiera les choses.

Son sourire s'élargit, me faisant froncer les sourcils. En quoi notre cohabitation forcée était-elle si amusante ?

— On peut faire ça, concéda-t-il d'un ton vague.

— Parfait, enchaînai-je avant qu'il ne trouve quelque chose à redire. Car on risque d'être bloqués à l'intérieur quelques jours.

D'un geste de la main, je désignai la baie vitrée qui occupait tout un pan de mur devant la table à manger. Le vent s'était levé, lançant les flocons de neige dans un ballet sans fin. La couche au sol était déjà épaisse et à ce rythme, les routes seraient bientôt inaccessibles. Malgré tout, le spectacle était magnifique.

— Tu penses que ça va s'aggraver ? reprit-il.

— Il y a de grandes chances.

Plus jeune, cette période de l'année était ma préférée, car les écoles fermaient. Rester à la ferme familiale n'était en rien une corvée, puisque je passais mes journées aux côtés des lamas. C'était à cette époque que mes rêves de devenir vétérinaire avaient commencé, pour ne jamais me quitter.

Pour ce que ça m'avait rapporté… Mais l'heure n'était ni aux regrets ni à l'apitoiement.

Zayden se tint silencieux un moment, observant la scène hivernale qui se déroulait devant nous.

— Donc, on est vraiment coincés ici, murmura-t-il plus pour lui-même que pour moi.

— Pour quelques jours seulement, tempérai-je. Tu pourras repartir avant la fin de la semaine.

— Je ne compte pas rentrer chez moi.

Évidemment, je ne pouvais pas avoir autant de chance. Renoncer ne devait pas faire partie de son vocabulaire de militaire têtu.

— Toi non plus, je suppose ? poursuivit-il en soulevant un sourcil.

— Bien sûr que non. Je passe toujours Noël avec ma famille.

— Pourquoi tu n'es pas chez eux, alors ?

— Impossible de rester chez mon frère, il vit comme un ermite. Et ma sœur habite dans un loft.

— Je suppose qu'on va devoir apprendre à cohabiter, alors, soupira-t-il en passant une main dans ses cheveux. Dire que je suis ici pour profiter de la solitude…

Ces derniers mots, lâchés d'un ton défaitiste, me surprirent. Je reportai mon attention sur lui, notant ses traits tirés et son teint plus pâle que d'habitude. Je ne me souvenais pas l'avoir vu aussi fatigué, mais je ne posai aucune question à ce sujet. Cela ne me regardait pas et nous n'avions pas ce genre de relation.

À la place, je repartis sur un terrain moins sensible.

— Je te préviens, ne compte pas sur moi pour cuisiner. C'est April l'artiste de la famille, moi, je me contente d'acheter des plats chez le traiteur et de les réchauffer. Ou de les voler dans le frigo de ma sœur quand je suis ici.

Et même là, mes compétences au micro-ondes laissaient parfois à désirer. Chose qu'il découvrirait sans doute à ses propres dépens.

— Je peux cuisiner, dit-il après un instant de silence, mais je ne fais pas la vaisselle.

— Je peux m'en occuper, répliquai-je en copiant son intonation hésitante. À condition que tu ne cherches pas à m'empoisonner.

— Je n'oserais pas.

Pour la première fois depuis son arrivée, je vis l'ombre d'un vrai sourire sur son visage et je perdis le fil de mes pensées pendant une seconde.

— Et pour le salon ? demanda-t-il d'un ton amusé. Comment fait-on ?

Je réfléchis un instant, hésitant sur la marche à suivre. Malgré la taille du chalet, il ne possédait qu'une seule pièce avec une grande télévision. Et si chaque chambre en était pourvue, ce n'était pas la même chose de se blottir avec un plaid sur l'énorme canapé moelleux, à côté de la cheminée.

— On peut alterner aussi. Ou... on pourrait

tenter de les partager. Si l'on arrive à ne pas s'entre-tuer, bien sûr.

Zayden me regarda, surpris.

— Tu serais prête à partager une soirée avec moi ? Volontairement ?

— Hé, c'est Noël après tout, répondis-je d'un ton désabusé en haussant les épaules. L'esprit des fêtes, tout ça…

— D'accord. Testons ça. Qui sait, on pourrait même finir par s'apprécier.

Je ne pus m'empêcher de rire.

— Ne pousse pas trop loin, *Captain America*. On va commencer par essayer de se supporter, OK ?

— Ça me va, répliqua-t-il dans un ricanement. Et arrête de m'appeler comme ça.

— N'en demande pas trop. Nous avons donc un deal pour toute la durée de notre séjour.

Pour faire bonne mesure, je lui tendis la main et il la serra pour conclure notre pacte de non-agression.

Chapitre Trois

À peine quelques heures plus tard, il brisait notre accord.

— Tu n'es pas censé te retrouver ici, protestai-je. Le jacuzzi est libre à cette heure-ci.

— Oui, et j'ai voulu l'utiliser.

— Libre pour que je puisse m'en servir.

Zayden haussa les épaules, l'air parfaitement à l'aise dans l'eau bouillonnante. Le jacuzzi était placé dans une véranda donnant sur la forêt à l'arrière du chalet, et les murs en verre permettaient de profiter du ciel étoilé et de la lune déjà haute. La seule lumière venait du bain à remous, et la vapeur s'élevait autour de Zayden, créant une atmosphère presque irréelle.

Je serrai les dents, frustrée par son attitude nonchalante.

— Tu as dit un jour sur deux, me rappela-t-il avec un sourire en coin. Tu n'as jamais précisé qui commençait.

Je levai les yeux au ciel, agacée par sa capacité à tourner la situation à son avantage.

— Très bien, soupirai-je en faisant demi-tour. Je suppose que je peux attendre.

— Tu peux te joindre à moi si tu veux, m'arrêta-t-il. Il y a largement la place pour deux.

Je me figeai, surprise par son offre. Me retournant lentement, je l'observai attentivement. Son expression était indéchiffrable, mais je crus déceler une trace de défi sur ses traits. S'il pensait que j'allais reculer pour une simple baignade, il se fourrait le doigt dans l'œil.

— D'accord, acceptai-je finalement. Mais pas de blague, compris ?

— Promis, répondit-il en levant les mains en signe d'innocence.

Je m'avançai vers le bord, consciente du regard de Zayden sur moi. J'avais enfilé un maillot de bain noir sobre, mais élégant. Je l'avais choisi pour son côté pratique, pas pour impressionner qui que ce soit. Peut-être aurais-je dû opter pour un modèle encore plus simple, destiné à la natation.

Je soupirai de bien-être en m'enfonçant dans l'eau chaude, puis m'assis en face de Zayden, gardant une distance respectable entre nous. Une chose peu aisée avec sa grande taille. Il se pencha en arrière et renversa la tête, laissant un bras appuyé sur le rebord, en dehors de l'eau. Mon regard se perdit un instant sur les contours de ses muscles parfaitement définis, avant que je me reprenne.

Un silence s'installa, uniquement brisé par le

bouillonnement de l'eau. Je fermai les yeux, essayant de me détendre et d'oublier la présence de l'intrus. Et surtout, d'éviter de laisser traîner mes yeux.

— Alors, commença Zayden, comment se passe ton travail ?

Je redressai la tête, surprise qu'il engage la conversation. Il n'était pas ami avec Micah pour rien, et celui-ci était avare de mots. Malheureusement pour lui, il avait choisi le pire sujet possible. Dire que je refusais de penser à ces dernières semaines était un euphémisme.

— La routine, répondis-je vaguement.

Hors de question de parler de ma démission précipitée et de ma future recherche pour un nouveau cabinet. Seule Harper était au courant, et seulement parce qu'elle se trouvait dans la même situation. Rien que d'envisager ce qui m'attendait à mon retour de vacances me tordait le ventre.

— Tu as toujours voulu être vétérinaire, non ?

Je le regardai, intriguée par son intérêt soudain.

— Oui, depuis que je suis ado, confirmai-je. Comment tu le sais ?

Il haussa les épaules, créant de petites vagues dans l'eau.

— Harper en a parlé une fois ou deux.

— Mes parents tenaient une ferme de lamas, donc je suis entourée d'animaux depuis que je suis gamine. Je suppose que mon métier actuel est la suite logique.

— Une ferme de lamas ? Ça, c'est original. Elle est toujours en activité ?

— Oui, mon frère l'a reprise quand nos parents sont partis à la retraite. On pourra aller y faire un tour, si tu veux. J'ai quelques vaccins et *check-up* à faire.

— J'aimerais bien.

J'acquiesçai tout en évitant de m'attarder sur le fait que nous planifions des choses ensemble. Mais cela n'allait pas durer, je savais que nos vieilles habitudes reviendraient vite et que d'ici quelques heures, nous nous disputerions comme deux enfants.

— Et toi ? demandai-je à mon tour. T'as toujours voulu être un super soldat ?

Il rit, un son grave et chaleureux qui me surprit.

— Pas vraiment, non. Disons que l'armée m'a trouvé plus que je ne l'ai cherchée.

Son regard se perdit dans le vague, me rendant curieuse sur son cheminement de pensées. À nouveau, j'eus l'impression qu'une chape émotionnelle l'étouffait. Pendant un instant, je fus tentée de poser une main sur son épaule en un geste de réconfort, mais je m'arrêtai à la dernière minute. Je n'étais pas certaine qu'il apprécie cette invasion dans son espace personnel.

Un mouvement dans l'eau me ramena au présent. La jambe de Zayden frôla la mienne, envoyant une décharge électrique dans tout mon corps. Je retins mon souffle, attendant de voir s'il allait s'écarter.

Il ne le fit pas.

Nos regards se croisèrent, et quelque chose passa entre nous. Quelque chose qui n'était ni de l'agacement ni de la frustration.

Quelque chose que je refusais de nommer.

Je déglutis difficilement, cherchant désespérément quelque chose à dire pour briser cette ambiance étrange.

— Tu… tu as des projets pour Noël ? balbutiai-je.

Son regard dériva un instant vers mes mains, qui jouaient machinalement avec les bulles. Je toussotai et cela suffit pour que Zayden sorte de sa transe, clignant des yeux comme s'il se réveillait.

— Pas vraiment, admit-il. Je pensais juste me reposer ici.

Sa voix était plus basse, presque un murmure. Je me surpris à me pencher légèrement en avant pour mieux l'entendre.

— Et toi ? demanda-t-il à son tour.

— Oh, tu sais, la routine familiale, répondis-je en essayant de paraître désinvolte. Le dîner chez mon frère, l'ouverture des cadeaux…

Ma main bougea dans l'eau, effleurant accidentellement la sienne. Je la retirai vivement, comme si j'avais été brûlée.

— Désolée, murmurai-je.

— Pas de problème, répliqua-t-il sur le même ton.

Le silence retomba, lourd de non-dits et de tensions. Je me rendis compte que ma respiration s'était accélérée et que mon cœur battait plus vite que d'habitude. Je pris une profonde inspiration pour me calmer, sachant que tout cela était parfaitement ridicule. L'ambiance feutrée du jacuzzi me faisait imaginer des choses qui n'existaient pas.

Soudain, Zayden se leva, l'eau ruisselant sur son corps musclé. Je me forçai à détourner mon regard vers la baie vitrée. Hors de question qu'il me surprenne en train de l'admirer, son ego ne le supporterait pas.

— Je vais y aller, annonça-t-il. Je te laisse profiter.

— D'accord, répliquai-je en tâchant de garder une voix neutre.

Il enjamba le rebord et attrapa une serviette pour l'enrouler autour de sa taille. Je baissai obstinément le regard vers l'eau bouillonnante.

— Bonne soirée, Riley, dit-il avant de quitter la pièce.

— Bonne soirée, Zayden, répondis-je dans un murmure.

Une fois seule, je laissai échapper un long soupir et fermai les yeux, essayant de retrouver mon calme. Sans succès, malgré la chaleur apaisante et les remous censés être décontractants. Je soufflai, frustrée à cause de mon esprit un peu trop inventif. Cette tension, cette ambiance, ce n'était pas nous. Notre relation se situait aux antipodes de tout cela.

Pourtant, une petite voix au fond de moi me chuchotait que peut-être, juste peut-être, il y avait plus chez lui que ce que je voulais bien admettre.

Et cette pensée était plus effrayante que tout le reste.

Chapitre Quatre

— Riley ! Une femme est à moitié morte dans mon salon et toi, tu penses à me caser ? T'as un grain !

L'exclamation de mon frère me transperça l'oreille à travers le téléphone. Cela ne m'arrêta pas pour autant. Pousser Joshua à bout restait un de mes passe-temps favoris, même après toutes ces années. Le fait de le voir foncer à chaque fois dans les pièges la tête baissée n'aidait en rien.

— Seulement un ? le provoquai-je davantage. Je croyais que c'était un silo entier ?

En guise de réponse, il me raccrocha au nez. Je ricanai, puis envoyai un message à ma sœur, April. Elle adorerait savoir que Josh hébergeait une femme chez lui, un fait aussi rare qu'extraordinaire. Même si cette dernière ne s'était pas vantée du retour dans sa vie de son crush d'adolescente. Dans cette petite ville, il était difficile de garder un secret. Je lui laissais une journée supplémentaire avant de la harceler.

— Mauvaises nouvelles ? demanda une voix grave derrière moi.

Je me tournai pour voir Zayden, appuyé contre la cheminée, une tasse fumante à la main. Ses cheveux encore humides de la douche lui donnaient une apparence plus jeune, contrastant avec l'air sérieux qu'il arborait quasi constamment.

— Pas pour nous, répondis-je en souriant. Mais pour mon frère, ça reste encore à déterminer.

Il haussa les sourcils brusquement, seul signe de sa curiosité. Je ne développai pas pour autant, car il finirait par croiser Joshua et découvrirait le vrai sens du mot ermite.

— Ça te dit, une partie ? proposa-t-il soudainement, désignant d'un geste la pile de jeux de société sur l'étagère.

— Pourquoi pas, acceptai-je après un moment d'hésitation. Ça nous occupera.

Je le laissai installer le tout, et partis en quête de gâteaux au chocolat avec quelques autres sucreries. À mon grand désarroi, l'arrivée impromptue de Zayden m'avait détournée de ma mission "pâtisserie". Les parts de tarte au sirop d'érable que j'avais demandé à April de mettre de côté seraient sans doute déjà dévorées. Ma sœur n'avait aucune pitié dans ce domaine, et encore moins lorsqu'il s'agissait de la meilleure tarte de la région.

Un titre fièrement détenu par Candice depuis des années, la propriétaire du Maple Vibe et unique détentrice de la recette de ce gâteau prisé. Malheureusement, elle s'était foulée la cheville quelques jours plus tôt, et avait reçu l'ordre de se reposer. Ma sœur s'était alors proposée pour tenir le salon de thé.

Lorsque je revins dans le salon, le plateau était installé sur le tapis devant la cheminée. Zayden avait choisi un jeu de stratégie, ce qui ne m'étonna guère venant de lui. Après avoir lu les règles, la partie débuta dans le silence, nous permettant de réfléchir sans distraction. Je m'amusais de le voir si concentré sur ses pions, tandis qu'il faisait avancer ses troupes en fronçant les sourcils. Lui qui était toujours dans le mouvement et l'action, je ne l'aurais jamais imaginé capable de rester immobile. Pourtant, je ne devrais pas être surprise, il était tireur d'élite pour l'armée de terre et, d'après ses collègues, sa patience était légendaire.

— À toi de jouer, dit-il, me sortant de mes pensées.

— Désolée, marmonnai-je, attrapant rapidement les dés.

Nos doigts se frôlèrent accidentellement et je sentis un frisson remonter le long de ma colonne vertébrale. Nos regards se croisèrent, et une expression étrange passa sur son visage. Je n'eus pas le temps de la déchiffrer.

Un fracas raisonna derrière moi, et je me retournai en sursautant.

Avant même que je ne puisse bouger, Zayden se releva d'un bond, le corps tendu comme un arc, la respiration courte et saccadée. Ses yeux balayaient frénétiquement la pièce, cherchant une menace inexistante.

— Zayden ? m'inquiétai-je devant sa réaction excessive.

Il ne répondit pas, le regard braqué sur la baie vitrée du salon. Dehors, la nuit tombait et le vent s'était levé. Même s'il n'était pas très fort, cela avait suffi pour projeter une branche contre la fenêtre. Cette dernière trônait sur la terrasse et, au vu de sa taille, il était surprenant que le verre ait résisté.

Lentement, j'approchai une main du bras de Zayden, sans pour autant le toucher. Je ne voulais pas aggraver sa réaction par un contact non sollicité, et j'en savais assez sur la psychologie humaine pour reconnaître un état de stress intense. Harper m'avait déjà parlé des retours de mission difficiles que devait affronter son frère. Était-ce pour cela que Zayden était venu s'isoler au fin fond du Vermont ?

— Zayden, répétai-je un peu plus fort. C'est juste le vent et une branche. Il n'y a rien d'autre.

Mes mots semblèrent enfin l'atteindre. Il cligna plusieurs fois des yeux, comme s'il sortait d'une transe. Son regard se posa sur moi, et je vis la confusion laisser place à la reconnaissance, puis à l'embarras.

— Désolé, murmura-t-il en passant une main tremblante sur son visage. Je… Les réflexes, tu sais.

J'acquiesçai d'un mouvement de la tête, cherchant les bons mots. Le voir aussi déstabilisé m'inquiétait. Ce n'était pas le Zayden que je connaissais, celui qui m'agaçait avec son assurance et son arrogance.

— Tu veux en parler ? proposai-je d'un ton bas, pour ne pas le brusquer.

Il hésita un instant, puis secoua la tête.

— Ce n'est rien, vraiment. Juste le stress du retour, j'imagine.

Je fronçai les sourcils, peu convaincue par son explication évasive.

— Zayden, insistai-je avec douceur. Je sais qu'on n'est pas les meilleurs amis du monde, mais si tu as besoin, je suis là.

Il me regarda longuement, semblant peser le pour et le contre. Je crus qu'il allait céder, mais il se ravisa à la dernière seconde.

— Je vais bien, affirma-t-il en redressant les épaules. J'ai juste été surpris, inutile de t'inquiéter pour rien.

Il se baissa pour attraper sa tasse encore pleine de café, avant de m'adresser un sourire crispé.

— Je vais me coucher, je suis fatigué. On pourra continuer la partie demain, si tu veux.

Sans me laisser le temps de réagir, il sortit du salon. Je restai immobile un instant, incertaine sur le comportement à adopter. Nous n'étions pas assez proches pour que je le suive et insiste jusqu'à ce qu'il

se confie, mais je ne pouvais pas nier que le voir ainsi
remuait quelque chose en moi.

Quelque chose de plus profond que je le pensais.

Chapitre Cinq

Le sandwich dans l'assiette ne ressemblait à rien. La mayonnaise débordait de tous les côtés, le jambon pendait lamentablement et la salade avait connu des jours meilleurs. Je grimaçai en l'observant. Ce nouveau record en matière de cuisine catastrophique me laissait sans voix et c'était peu dire, car j'étais habituée à mes expériences dramatiques.

Cela ne m'arrêta pas pour autant ; seule l'intention comptait, après tout. J'espérais que Zayden se souviendrait de cet adage.

Cela faisait presque vingt-quatre heures qu'il s'était enfermé dans sa chambre. Depuis l'incident de la veille, il n'en était sorti que pour de brèves incursions dans la cuisine, évitant soigneusement tout contact avec moi. Son comportement m'intriguait autant qu'il m'agaçait.

En étant honnête, j'admettrais que l'inquiétude

m'avait guidée jusqu'à sa porte. Bien entendu, je préférais enfouir ce sentiment aussi loin que possible, pour me concentrer sur l'essentiel. Ce parasite avait mangé le dernier plat préparé par ma sœur, me laissant avec les plats surgelés du traiteur. Non pas que ces derniers n'étaient pas bons, mais il n'y avait aucune comparaison possible.

Et si je voulais éviter de mourir de faim – ou pire, empoisonnée par mes propres créations –, je devais mettre les choses au point dès le début.

Je pris une profonde inspiration et frappai à sa porte avec un peu trop d'énergie.

— Zayden ? Ouvre, lançai-je d'une voix que j'espérais assurée. Je t'ai apporté à manger.

J'entendis un grognement étouffé, suivi d'un bruit de pas traînants. La porte s'ouvrit, révélant un Zayden aux traits tirés et aux yeux cernés.

— Qu'est-ce que tu veux ? marmonna-t-il, son regard oscillant entre mon visage et l'assiette que je tenais.

— Wow, quel accueil chaleureux, rétorquai-je en levant les yeux au ciel. Je vois que tu es toujours aussi charmant, Capitaine Grognon.

Il plissa les yeux au surnom, mais s'écarta pour me laisser entrer. Je balayai la pièce du regard, y notant le désordre. Des vêtements jonchaient le sol et le lit était défait, comme s'il avait passé la journée à se tourner et se retourner sans trouver le sommeil. Je pensais les militaires bien plus ordonnés que cela, mais je me gardai de faire un commentaire.

Cette preuve de diplomatie m'épata.

Il me sortit de mes pensées en désignant d'un geste de la main mon sandwich.

— C'est quoi ce truc ? demanda-t-il d'un ton suspicieux.

— Ça, mon cher, c'est ce qui arrive quand on laisse Riley Fletcher aux commandes d'une cuisine. Tu devrais te sentir honoré, je ne cuisine pas pour n'importe qui.

— Je me serais bien passé de cet honneur, grommela-t-il.

Ainsi, nous étions deux à être de mauvaise humeur. Aucun problème, nous pouvions également être deux à jouer à ce petit jeu-là. Je posai l'assiette sur la table de chevet, puis me tournai vers lui, les bras croisés.

— Bon, tu comptes rester terré ici encore longtemps ? lançai-je, décidant d'aller droit au but.

Zayden se raidit, son visage se fermant encore plus, si cela était possible.

— En quoi ça te regarde ? répliqua-t-il sèchement. Ma compagnie te manque à ce point ?

— Je suis coincée ici avec toi, figure-toi. Et je n'ai pas envie de passer le reste de mes vacances à marcher sur des œufs.

— Le chalet est assez grand pour qu'on puisse chacun vivre notre vie. On peut aussi faire comme si l'autre n'était même pas là.

— Sans doute, à condition que tu ne viennes pas voler ma nourriture. Nous ne sommes que deux ici, donc c'est donc forcément toi qui as mangé mon plat.

Un fantôme de sourire apparut sur ses lèvres, faisant monter ma tension artérielle. Je jetai un regard au sandwich, hésitant à le lui balancer à la tête. Il serait dommage de se priver d'une telle arme de destruction massive. Il dût sentir le danger, car son ton se fit plus doux.

— Ton plat avait l'air appétissant, c'est tout.

— J'en doute pas, c'est bien pour ça que je l'avais subtilisé à l'origine dans le frigo de ma sœur.

— Ha ! Tu ne peux pas me reprocher un vol que tu as toi-même commis.

Je penchai la tête en arrière et fixai le plafond, à la recherche d'une patience que je ne possédais pas.

Je l'entendis soupirer, comme si lui aussi puisait au fond de ses ressources.

— Je ne recommencerai pas, dit-il après un instant. Et merci pour ce… repas.

Son hésitation me fit plisser les yeux en reportant mon attention sur lui. Il grimaça en regardant le sandwich, dans ce qui était sans doute un réflexe. Impossible de le blâmer pour cela, moi aussi, je m'interrogerais sur les intentions de la cuisinière.

— Pas besoin de me remercier, ricanai-je avant de poursuivre d'une voix moins assurée. Écoute, je sais que ce ne sont pas mes affaires, mais je m'inquiète sincèrement pour toi.

Zayden passa une main dans ses cheveux, un geste que je commençais à associer à son inconfort.

— Tu n'as pas à t'inquiéter, Riley. Je vais bien. J'ai juste besoin d'un peu de temps.

— Je ne suis pas certaine que s'enfermer pour ruminer soit la bonne solution.

Je manquai de lever les yeux au ciel devant mon hypocrisie. N'était-ce pas ce genre de fonctionnement qui m'avait poussée à me réfugier dans ce chalet, seule ?

— Ce qui s'est passé hier au soir n'est rien, insista-t-il comme pour se convaincre lui-même.

— Si tu le dis. Mais si tu as besoin de parler, je suis très douée pour écouter. Même si on n'a jamais été très proches, ça ne veut pas dire que je ne peux pas essayer de comprendre ou d'aider.

Il me fixa un long moment, le regard indéchiffrable. Puis, avec un soupir las, il s'assit sur le bord du lit. Ce fut comme si quelque chose cédait en lui, un barrage qui s'effondrait au moment où ses épaules s'affaissaient.

— Ma dernière mission a mal tourné, dit-il finalement d'une voix à peine audible. On a perdu des hommes. Des amis.

Mon cœur se serra à ces mots. Je m'approchai doucement, m'asseyant à côté de lui tout en gardant une distance respectable.

— Je suis désolée, murmurai-je. Ça doit être dur.

Mes mots sonnaient creux, mais que pouvais-je dire dans ce genre de situation ? Je ne connaissais que de loin le quotidien des militaires, à travers les récits de Harper. Il haussa les épaules, un geste qui se voulait nonchalant, mais qui trahissait sa tension.

— C'est le job, répondit-il platement. On nous entraîne à gérer ça.

— Mais ça ne rend pas les choses plus faciles, n'est-ce pas ?

Il ne répondit pas, son regard fixé sur un point invisible devant lui. Je me retins de justesse de le prendre dans mes bras pour lui offrir un peu de réconfort. Ce geste serait sans doute mal accueilli.

— C'est pour ça que je suis venu ici, avoua-t-il. J'avais besoin d'espace et de silence.

Je comprenais mieux sa réaction tendue à son arrivée.

— C'était sans compter l'intervention de Micah et sa sœur.

— Exactement, confirma-t-il en riant sous cape.

J'espérais que lui aussi comptait se venger de cette mauvaise blague.

— Tu sais, commençai-je maladroitement, si tu as besoin de parler…

— Ce ne sera pas nécessaire, m'interrompit-il avec plus de fermeté que je ne m'y attendais. J'ai l'habitude de gérer ce genre de choses. Ça va passer.

La frustration monta en moi à l'instant où ma patience se désagrégea. S'il voulait se montrer têtu et se débrouiller seul, qu'il en soit ainsi ! J'avais assez de grincheux à gérer dans ma vie, à commencer par mon frère.

— Très bien, lâchai-je en me levant. Puisque Monsieur veut jouer les ermites, qu'il le fasse.

— Parfait, rétorqua-t-il sur le même ton.

— Parfait ! répétai-je en me dirigeant vers la porte. Oh, et ne compte pas sur moi pour te préparer un autre sandwich !

— Comme si j'en voulais ! cria-t-il alors que je claquai la porte derrière moi.

Je restai un moment immobile dans le couloir, le cœur battant et les poings serrés. Une partie de moi regrettait déjà mon emportement puéril, mais l'autre était trop frustrée pour s'en soucier.

Cela m'apprendrait à me montrer sympathique avec les bourriques comme lui. On ne m'y reprendrait plus.

Chapitre Six

La porte du magasin tinta lorsque je sortis, le sac contenant ma commande dans une main. Je ne pus m'empêcher de ricaner en imaginant la tête de Josh quand il découvrirait son cadeau. Kate m'avait promis de tricoter le bonnet le plus hideux possible, avec des teintes criardes et un pompon ridicule. Elle avait réussi l'exploit de trouver une couleur avec des paillettes, une touche supplémentaire qui me réjouissait d'avance.

Je visualisais déjà l'air renfrogné de mon frère et ses grognements à venir. Une vengeance un peu trop douce pour celui qui ne m'avait pas tenue au courant de la situation avec sa mystérieuse inconnue. J'avais appelé la ferme plus tôt, et il n'avait pas décroché. Soit il se battait encore avec ses lamas, soit il était en vadrouille. Dans les deux cas, je comptais passer par le Maple Vibe pour assouvir ma curiosité. Même si Candice était en convalescence à cause de sa cheville, je savais que quelqu'un là-bas pourrait me renseigner. Les petites villes étaient merveilleuses pour les potins.

Une vérité qui m'amusait beaucoup moins quand cela se retournait contre moi.

La neige recommençait à tomber, recouvrant d'un fin manteau blanc les trottoirs fraîchement déblayés. La tempête s'était calmée la veille, et je n'avais pas attendu longtemps pour sortir. Heureusement, j'avais eu la bonne idée de louer un énorme 4X4 qui résistait à tout, ou presque.

Je n'avais pas revu Zayden depuis notre dispute, seuls les bruits de pas dans le couloir m'avaient indiqué qu'il était toujours en vie. Je refusais de m'inquiéter davantage pour lui et s'il voulait rester seul, je n'allais certainement pas le contredire.

— Riley Fletcher, comme on se retrouve !

Au son de cette voix, je fermai brièvement les yeux, avant de me retourner avec un sourire crispé. Ma chance venait de tourner.

— Tyler, le saluai-je aussi poliment que possible.

Il me détailla de la tête aux pieds, son regard s'attardant sur ma poitrine d'une manière qui me fit grincer des dents. Certaines choses ne changeaient pas avec les années. Tyler était toujours le même crétin qu'au lycée, celui qui se prenait pour le roi du monde parce qu'il était dans l'équipe de football. Ce n'était même pas un bon joueur, mais porter le maillot suffisait à asseoir sa réputation, à cet âge-là.

— Tu es superbe, dit-il en s'approchant. Je te le

dis à chaque fois que je te croise, mais tu me surprends d'année en année.

Si c'était là sa technique de drague, je doutais qu'elle plaise à beaucoup de femmes. Cela ne m'avait pas empêchée de tomber sous son charme, quelque chose qui me dépassait aujourd'hui. Je blâmais l'âge ingrat et la stupidité l'accompagnant. Ça, et le goût de l'interdit. Mon frère se montrait particulièrement protecteur envers April et moi. Il n'hésitait pas à recruter ses amis pour tenir les autres garçons à l'écart et cela en avait dissuadé plus d'un de m'approcher. Alors, quand cet abruti de Tyler avait réussi à déjouer cette surveillance, j'avais sauté sur l'occasion.

Une idiote, voilà ce que j'étais.

J'ignorai son mensonge éhonté, dans le seul but de mettre fin à cette situation. J'avais passé une nuit agitée et des cernes soulignaient mes yeux. Mes cheveux bruns étaient enfouis sous mon bonnet et ne manqueraient pas de prendre une forme intéressante dès qu'ils seraient libérés.

— Merci, répondis-je en reculant d'un pas. Je dois y aller, j'ai encore des courses à faire.

— Attends, m'arrêta-t-il en posant une main sur mon bras. On pourrait aller boire un café, histoire de rattraper le temps perdu ?

Je me dégageai, luttant contre l'envie de lui balancer mon sac à la figure. Maintenant que je connaissais le véritable visage de Tyler, il avait le don pour me mettre hors de moi en quelques minutes à peine.

— Désolée, je n'ai vraiment pas le temps.

— Allez Riley, insista-t-il. On s'est bien amusés tous les deux à l'époque, non ?

— Oh bon sang, Tyler ! m'exclamai-je, exaspérée. C'était il y a presque dix ans !

— Et alors ?

Des images me revinrent en mémoire. Tyler et moi, nous embrassant en cachette derrière les gradins, les rendez-vous secrets pour ne pas se faire prendre. Puis la découverte qu'il me trompait avec une des pom-pom girls. Une histoire banale de lycée, qui m'avait pourtant brisé le cœur à l'époque et m'avait fait sentir à la fois stupide et utilisée.

— C'était il y a longtemps, Tyler. On a grandi depuis.

Il ricana, et je fronçai les sourcils en voyant ses yeux s'égarer encore vers ma poitrine. Qu'espérait-il donc apercevoir au travers de mon énorme blouson ?

— Pas tant que ça. Tu es toujours aussi sauvage qu'avant. Je me souviens de cette fois où l'on s'est retrouvés dans ma voiture et…

— Stop ! le coupai-je sèchement. Je ne veux pas parler de ça.

Il était hors de question que je me remémore le bon vieux temps – pas si bon que ça, d'ailleurs – avec lui.

— Pourquoi ? On pourrait recréer ces souvenirs, susurra-t-il en se rapprochant. J'ai une nouvelle voiture à présent, bien plus confortable.

Pendant un instant, je me demandai si j'étais

tombée dans une faille spatio-temporelle, tant cette conversation tournait à l'absurde. Il ne pouvait pas sérieusement espérer me voir le suivre, si ?

— Non merci. Maintenant, si tu veux bien m'excuser, j'ai à faire.

Je tentai de le contourner, mais il me bloqua le passage. Mon cœur s'accéléra d'appréhension. Tyler était également connu pour son mauvais caractère. Il s'emportait pour un rien et devenait vite colérique lorsque les choses ne se déroulaient pas comme il le souhaitait.

— Riley, soupira-t-il comme si mon comportement était déraisonnable. Je veux juste boire un café avec toi en souvenir du bon vieux temps.

Pile au moment où je m'apprêtais à lui refaire le nez, une voix grave intervint.

— Elle t'a dit non.

Chapitre Sept

Je me retournai et découvris Zayden à quelques pas de nous, les bras chargés de sacs. Son regard glacial était fixé sur Tyler, qui se redressa en bombant le torse. La scène aurait pu être comique si elle n'était pas aussi tendue.

— Je peux savoir qui tu es ? demanda Tyler d'un ton agressif.

— Quelqu'un qui n'aime pas qu'on harcèle les femmes, répliqua Zayden en s'approchant. Tout va bien, Riley ?

J'acquiesçai, soulagée de le voir. Non pas que je craignais Tyler, mais la situation commençait à devenir pesante.

— On discutait, c'est tout, se défendit Tyler. Riley et moi sommes de vieux amis.

— Pas vraiment, nous sommes à peine des ex, rectifiai-je fermement. Et cette conversation est terminée.

Cette fois, Tyler n'essaya pas de me retenir quand je m'éloignai. Je sentis son regard nous suivre, mais je l'ignorai.

— Merci, murmurai-je une fois hors de portée.

Zayden hocha la tête en guise de réponse. Le silence s'installa entre nous, aussi épais que la neige qui continuait de tomber. Je ne savais pas quoi dire après notre dispute de la veille ni comment interpréter sa présence ici.

— Tu as fait des achats ? le questionnai-je finalement en désignant ses sacs.

— Quelques trucs pour le chalet, rétorqua-t-il vaguement. Des provisions, principalement.

J'acquiesçai, me demandant s'il était sorti pour éviter de me croiser, ou si c'était vraiment par nécessité. Connaissant Zayden, la seconde option était la plus probable. Il était plus furtif qu'un ninja.

Je m'arrêtai lorsqu'on atteignit un croisement, et me retournai vers lui.

— Merci encore pour ton aide, lui dis-je. Je suppose qu'on se voit au chalet ?

— En fait, je comptais passer au Maple Vibe, répondit-il en ajustant ses sacs. J'ai entendu dire qu'ils font les meilleures pâtisseries du coin.

Je l'observai un instant en silence, suspicieuse. Harper avait dû lui en parler, impossible qu'il connaisse déjà les secrets de cette petite ville. Ou Micah, pour ce que j'en savais. L'un comme l'autre était coupable.

— Laisse-moi deviner, tu as une soudaine envie

de tarte au sirop d'érable ? demandai-je d'un ton ironique.

Il haussa les épaules avec un sourire en coin, contredisant son air nonchalant.

— Candice est réputée pour ça, non ?

Je levai les yeux au ciel, et lui emboîtai le pas jusqu'au salon de thé. Le Maple Vibe n'avait pas changé depuis mon adolescence, si ce n'était pour entretenir les peintures. Les couleurs restaient les mêmes, toujours aussi chaleureuses et accueillantes, tout comme les odeurs de café et de pâtisseries fraîches. Elles embaumaient toute la salle et donnaient l'eau à la bouche. À chacune de mes visites, la nostalgie m'envahissait et me rappelait pourquoi j'aimais tant cette ville. Le Maple Vibe contribuait à son identité, et pas un seul habitant ne dirait le contraire.

April se tenait derrière le comptoir et encaissait une cliente. Quand notre tour arriva enfin, un coup d'œil dans notre direction suffit pour que son sourire s'élargisse dangereusement.

— Regardez qui voilà, lança-t-elle d'un ton beaucoup trop joyeux à mon goût. Ma sœur préférée et un mystérieux inconnu ?

— La ferme, April, grognai-je avant d'aller droit au but. Parle-moi plutôt d'Emery. J'ai entendu dire qu'il était en ville.

Son sourire vacilla une seconde, et elle prit un air innocent peu crédible pour elle.

— Aucune idée. Tu sais comment sont les rumeurs ici.

— Vraiment ? insistai-je en me penchant vers elle. Parce qu'on m'a dit qu'il dormait chez toi.

— Riley… commença-t-elle sur un ton d'avertissement.

— Je finirai par découvrir ce que tu me caches, la taquinai-je. Autant tout m'avouer maintenant.

April jeta un coup d'œil à Zayden, qui observait notre échange avec un amusement non dissimulé.

— Il est juste de passage, m'informa-t-elle. Pour les fêtes.

Elle haussa les épaules, mais son ton peu convaincu ne me berna pas. April avait toujours eu plus qu'un simple crush pour la star du football.

— Je vois, capitulai-je en remarquant les regards curieux des clients autour de nous.

Avoir une conversation privée à Holly Springs relevait de l'impossible. Alors, quand je fis les présentations entre mon colocataire et elle, je retins de justesse une grimace. J'entendais déjà les prochaines rumeurs sur la présence de Zayden.

— Donc, vous partagez le même chalet ? insista April d'une voix amusée.

— Comme je viens de te le dire, confirmai-je en grinçant des dents. Est-ce qu'il reste de la tarte ? Je dois encore faire des courses.

— Il n'y a plus rien, quel dommage.

Son faux ton compatissant ne me berna pas. Pas plus que le regard bref qu'elle lança vers Zayden, qui étudiait l'étalage de pâtisseries. Au moment où je compris ce qu'elle allait faire, il était déjà trop tard pour l'empêcher de parler.

— Installez-vous à une table tous les deux, il y en a justement une qui s'est libérée près de la baie vitrée. Un ravitaillement de tarte doit arriver d'ici peu.

— Je n'ai pas le temps, protestai-je vaguement.

— Oh, allez, Riley, me coupa-t-elle avec un peu trop d'entrain. C'est ton emplacement favori, et tu as bien vingt minutes devant toi pour attendre ta pâtisserie préférée ?

La peste. Elle disait la vérité, lorsque je venais au café, que ce soit pour travailler ou me détendre, je m'installais toujours à cet endroit, car j'adorais la vue sur la rue. Et elle savait sur quels boutons appuyer pour me coincer, mais surtout, elle connaissait ma hantise pour la foule de fin de journée dans les boutiques. Je lui jetai un regard noir, auquel elle répondit avec un sourire étincelant.

— Va t'asseoir avec ton beau militaire en attendant que la commande arrive, insista-t-elle avec un geste de la main pour montrer la table.

— Tu es aussi insupportable que Josh.

— Tu dramatises, voyons.

— J'espère que Lamalle viendra te bouffer cette nuit, la menaçai-je en la pointant du doigt comme si je lui lançais un mauvais sort.

Elle plissa les yeux, mais je ne lui laissai pas le temps de répondre. Je rejoignis Zayden, déjà attablé, et pris place en soupirant bruyamment.

— Lamalle ? demanda-t-il en levant un sourcil inquisiteur.

— Le lama le plus têtu de l'histoire de la ferme est un expert pour s'échapper. April a peur d'eux depuis qu'elle est petite et elle est persuadée que Lamalle cherche à la tuer.

— Elle pense qu'un lama veut la tuer ? répéta-t-il d'un ton dubitatif.

— Je n'ai pas dit que son raisonnement était rationnel.

Je me surpris à lui raconter les tentatives d'évasion les plus célèbres du Lamalle national, rien que pour entendre son rire grave. Un frisson parcourut mon dos, et je secouai la tête pour m'empêcher de réfléchir de trop près à cette réaction.

Un silence confortable s'installa après quelques instants, jusqu'à ce que je me souvienne d'un détail.

— Au fait, dis-je en croisant les bras. Tu as désactivé le chauffage du jacuzzi hier soir.

Il haussa un sourcil, un air faussement innocent sur le visage.

— Je ne vois pas de quoi tu parles.

— Oh vraiment ? L'eau était glacée quand j'ai voulu me baigner.

— Peut-être un problème technique.

— Ou peut-être une vengeance mesquine. Ce soir, je compte bien y aller.

— Pas si je l'utilise avant, contra-t-il avec un sourire en coin.

— C'est mon tour ! m'exclamai-je un peu trop fort, attirant l'attention des autres clients.

— Tu as eu ton tour hier, et tu n'en as pas profité.

— Parce que quelqu'un avait saboté le système !

April coupa court à notre joute verbale en déposant deux boîtes sur la table.

— Vous êtes au courant que tout le monde vous observe ? demanda-t-elle, amusée. On dirait des enfants qui se disputent pour un jouet.

Je lui lançai un regard noir.

— C'est lui qui a commencé.

— Très mature, ironisa Zayden.

— Dit celui qui sabote le jacuzzi.

April secoua la tête, un sourire aux lèvres.

— Et dire que je pensais que ma vie était trépidante. J'ai changé d'avis : continuez, je trouve vos échanges fantastiques.

Son ton sarcastique ne m'échappa pas, et je sus que j'entendrais parler de cette histoire – ridicule – jusqu'à la fin des temps.

— Ne devrais-tu pas être en train de travailler ? lui rappelai-je avec un regard noir.

— Si, mais c'est tellement plus amusant de vous voir vous chamailler.

— Je dois y aller, annonçai-je en levant les yeux au ciel.

J'attrapai ma boîte de pâtisseries et n'attendis pas la réponse de Zayden pour me diriger vers la sortie. Il avait réussi à arriver ici tout seul, il retrouverait la route du chalet. Les militaires n'étaient-ils pas censés savoir s'orienter au milieu d'un désert, sans boussole ?

— À bientôt ! lança April en haussant le ton, de sorte que tout le monde puisse l'entendre. Et n'oubliez pas de partager le jacuzzi, il y a de la place pour deux !

Je sortis du café en fulminant, les joues rouges. Derrière moi, le rire étouffé de Zayden m'indiqua qu'il me suivait de près.

— Pas un mot, le prévins-je sans me retourner.

— Je n'ai rien dit.

— Continue comme ça. Maintenant, si tu veux bien m'excuser, j'ai du shopping à faire et un jacuzzi qui m'attend.

— On verra ça, murmura-t-il alors que je m'éloignais.

Je secouai la tête, refusant de me laisser piéger. Au fond de moi, je devais admettre que ces chamailleries avaient quelque chose de presque amusant.

Presque.

Chapitre Huit

Les bras chargés de sacs, je poussai du pied la porte du chalet. Les flocons s'engouffrèrent dans l'entrée, portés par une bourrasque glaciale qui me fit frissonner. La chaleur du hall me frappa, et je refermai aussitôt derrière moi, soulagée d'être enfin rentrée. La nuit tombait déjà, teintant le ciel d'un bleu profond. Seules les lumières à l'intérieur brisaient l'ambiance quelque peu morose.

Je déposai mes achats dans la cuisine, et je ricanai devant le nombre faramineux de repas préparés. J'avais clairement abusé dans mon raid chez le traiteur de la ville. Pour ma défense, je ne voulais pas risquer de tomber sur ma sœur dans une situation compromettante en allant voler les plats de son frigo. Sans compter que Noël approchant à grands pas, tous les commerces étaient pleins à craquer. Je flirtais dangereusement avec mes limites en matière de socialisation. Si j'avais choisi de travailler avec les animaux, ce n'était pas pour rien.

Mon portable vibra dans ma poche, me sortant de mes pensées. Lorsque je vis le nom de mon avocat sur l'écran, mon cœur rata un battement. Je fixai le téléphone quelques secondes, luttant contre la boule qui se formait dans ma gorge et le poids qui comprimait ma poitrine.

Cela faisait un mois que j'avais tout plaqué et l'angoisse n'avait toujours pas diminué. Et cela ne s'arrangerait pas tant que tous les papiers ne seraient pas signés. J'avais espéré ne pas avoir de nouvelles tant que les fêtes ne seraient pas terminées, en vain.

— Bonsoir, décrochai-je en m'efforçant de garder une voix posée.

— Mademoiselle Fletcher, je viens d'avoir une réponse de la société maintenant propriétaire de votre ancien cabinet, commença-t-il sans préambule. Ils maintiennent leur position. Selon eux, la vente a été effectuée en bonne et due forme.

Je serrai le téléphone si fort que mes jointures blanchirent. Ces ordures avaient tout orchestré depuis le début : l'offre de rachat soi-disant salvatrice, les signatures falsifiées, les contrats impossibles à briser. Sans parler de la trahison de nos anciens collaborateurs.

— Et pour les signatures ? demandai-je, la gorge serrée. On peut prouver qu'elles sont fausses ?

— Techniquement oui, mais cela nécessiterait une

procédure longue et coûteuse, sans garantie de résultat.

Je fermai les yeux, la nausée me submergeant. Cinq ans de travail acharné et toutes mes économies envolées à cause de deux hommes que je croyais être des partenaires de confiance.

— Donc c'est terminé ? murmurai-je. On ne peut rien récupérer ?

— Je suis désolé, soupira-t-il. Les créanciers ont saisi la majeure partie des actifs. À moins que vous ne souhaitiez intenter un procès…

— Non, le coupai-je. J'en ai déjà discuté avec Harper. On ne veut pas s'embarquer là-dedans.

Je n'écoutai sa réponse que d'une oreille, car ce n'était pas la première fois qu'il me présentait ses arguments. Bien sûr que la chose la plus raisonnable à faire serait un procès à nos anciens collaborateurs, à Harper et moi. Mais après des mois de pression et de harcèlement, je ne nous en pensais pas capables. Pas encore, tout du moins.

Je raccrochai mécaniquement lorsque la conversation se termina, le regard perdu dans le vide. Les larmes me montèrent aux yeux, et je pris une profonde inspiration pour les ravaler. Pleurer ne changerait rien à la situation. Je composai le numéro d'Harper, mes doigts tremblant légèrement sur l'écran.

— Riley ? s'inquiéta-t-elle immédiatement. Qu'est-ce qui se passe ?

Sa voix familière fit céder mes dernières barrières.

Je lui racontai tout : l'appel de l'avocat, l'argent perdu, mes craintes pour l'avenir. Elle m'écouta sans m'interrompre, me laissant déverser toute mon angoisse.

— On savait que ça risquait d'arriver, murmura-t-elle. Mais ce n'est pas la fin du monde, on peut s'en sortir.

Je passai une main lasse sur mon visage. Cinq ans de travail et toutes mes économies partis en fumée à cause d'associés malhonnêtes. Rebondir serait plus que compliqué. L'optimisme de Harper était généralement salvateur depuis le début de nos problèmes, mais ce soir, j'avais du mal à le partager.

— Comment ? soupirai-je. Ils nous ont mis à sec, Harper. Je ne vais pas survivre plus que quelques mois.

Elle ne répondit pas tout de suite et, même à l'autre bout de la ligne, je sentis son hésitation.

— Et si on ouvrait notre propre clinique ? lança-t-elle soudainement. Juste toi et moi.

Je restai muette un instant, surprise par sa proposition. Je ne m'étais pas attendue à ce qu'elle veuille remettre ça si tôt.

— Tu es sérieuse ?

— Absolument. Écoute, tu es une excellente vétérinaire, et moi aussi. On forme une bonne équipe. Et je connais l'endroit parfait : Columbus.

J'avais visité Columbus plusieurs fois, notamment pendant les vacances à l'université, quand je l'accompagnais dans sa famille. Et c'était d'ailleurs chez elle, à Columbus, que je séjournais depuis que nous avions quitté Boston. Harper avait décidé de retourner auprès de sa famille et, sans autre plan immédiat, je l'avais laissée me convaincre de la suivre. Nous avions eu besoin de prendre nos distances après toute cette histoire.

Elle se lança dans une explication enthousiaste, imaginant déjà notre futur cabinet et toutes les actions que nous pourrions entreprendre pour nous faire connaître. Une partie de moi voulait y croire, s'accrocher à cette solution presque inespérée. L'autre restait paralysée par la peur de tout perdre à nouveau.

— Je ne sais pas, Harper, hésitai-je. C'est un gros changement. Peut-être que je devrais rentrer à Holly Springs. Il paraît que le vétérinaire du coin part bientôt à la retraite.

— Réfléchis-y, d'accord ? On en reparlera après les fêtes. Et, Riley ? ajouta-t-elle d'une voix douce. Tu n'es pas seule dans cette histoire.

Je hochai la tête, même si elle ne pouvait pas me voir. Après quelques minutes supplémentaires, je raccrochai, épuisée émotionnellement. Les dernières semaines me rattrapaient d'un coup, comme si tout le stress et l'anxiété que j'avais tenté d'ignorer explosaient enfin.

En montant les escaliers, je croisai Zayden qui sortait de sa chambre. Son sourire disparut quand il aperçut mon expression.

— Tout va bien ? s'inquiéta-t-il en fronçant les sourcils.

— Oui, mentis-je en évitant son regard. Je suis juste fatiguée.

Il n'insista pas, mais je sentis ses yeux me suivre jusqu'à ce que je referme la porte de ma chambre. Je m'effondrai sur mon lit sans même prendre la peine de me changer, enfouissant mon visage dans l'oreiller.

Chapitre Neuf

Le premier café du matin était un moment sacré et personne n'avait le droit de le troubler. Une tradition héritée de mon père, qui ne supportait pas qu'on lui adresse la parole avant sa deuxième tasse. Comme lui, je n'alignais guère plus de cinq mots par réponse au réveil et, même si mon degré de sociabilité ne montait guère très haut, il y avait quand même une nette amélioration. Il y avait cependant des exceptions après les nuits compliquées, comme celle que je venais de passer.

Je fixais la neige qui tombait encore, bercée par le silence apaisant du chalet. Mes pensées dérivèrent vers la conversation de la veille avec Harper. L'idée de tout recommencer à Columbus n'était pas si mauvaise, malgré les risques qui en découlaient.

Après tout, qu'est-ce qui me retenait vraiment ? Ce n'était pas la nécessité de revenir dans ma ville natale. April avait sa propre vie, Josh gérait la ferme familiale et mes parents profitaient de leur retraite. Cela faisait des années que j'avais quitté Holly Springs, pour partir à l'université à plusieurs heures d'ici.

Pourtant, ouvrir un nouveau cabinet vétérinaire me paralysait presque. Si je mettais le peu d'argent qu'il me restait dans ce projet et que cela ne fonctionnait pas, je serais foutue pour de bon.

Des bruits de pas dans l'escalier me sortirent de mes réflexions. Je levai les yeux au moment où Zayden surgit dans la cuisine, le visage fermé. Sa mâchoire était contractée, et ses cheveux en bataille laissaient penser qu'il avait passé ses doigts dedans à plusieurs reprises. Il était habillé avec une combinaison noire de neige intégrale et je devais avouer qu'elle lui allait à la perfection. Contrairement à la majorité des gens, il n'avait pas l'air ridicule à cause de sa haute taille ou de sa carrure.

Une injustice, selon mon humble avis.

— Où sont-elles ? lança-t-il sans préambule.

Je haussai un sourcil, feignant l'incompréhension. Gagner du temps représentait ma seule chance de m'en sortir, et le rendre fou au passage ne serait qu'un bonus supplémentaire.

— De quoi tu parles ? demandai-je en portant ma tasse à mes lèvres.

— Les clés de la motoneige. Je les ai laissées sur le meuble de l'entrée hier soir.

— Et tu penses que je les ai prises ?

— Qui d'autre ? contra-t-il en croisant les bras. Il n'y a personne avec nous et tu es rentrée après moi.

Je me levai pour me servir un second café, profitant de ce mouvement pour lui tourner le dos et masquer mon expression. L'accusation était juste, mais je n'allais certainement pas lui donner la satisfaction de tout avouer.

— Qu'est-ce que tu veux que je fasse avec ces clés ? répliquai-je en me retournant, un air innocent sur le visage. Je préfère avoir le chauffage quand je vais quelque part et je n'ai pas envie de me casser le cou avec cette machine de l'enfer.

En vérité, j'adorais faire de la motoneige et j'en avais abusé pendant mon adolescence. Mais ce qu'il ignorait ne pouvait pas me nuire.

— Je pense que tu es capable de les voler rien que pour me contrarier.

Son ton me fit sourire légèrement, même si ce n'était pas la chose la plus intelligente à faire, car son visage prit un air sombre en réponse. Une partie de moi se réjouissait de le voir aussi agacé. Voilà ce qui arrivait quand on sabotait le chauffage du jacuzzi. Une vengeance sans doute un peu facile, certes, mais je n'avais pas eu beaucoup de temps devant moi pour mettre au point un plan plus élaboré.

— Désolée de te décevoir, mais je n'ai pas tes clés. Tu les as peut-être mal rangées.

— Je sais exactement où je les ai mises.

— Vraiment ? insistai-je en haussant les épaules. Pourtant, tu avais perdu ton portable hier. Il était dans ta poche, si je me souviens bien.

Son regard se durcit et il avança d'un pas vers moi.

— J'avais prévu de sortir toute la matinée.

— Quel dommage. Tu pourras toujours utiliser le jacuzzi pour te détendre.

Le sarcasme le fit se figer. Une lueur de compréhension traversa ses traits, rapidement remplacée par de l'agacement.

— C'est pour ça ? gronda-t-il. Tu te venges pour ce foutu jacuzzi ?

— Bien sûr que non, cela serait complètement immature d'agir comme ça.

La sonnerie de mon téléphone coupa court à toute réponse de sa part. Le nom de Josh s'afficha sur l'écran et je décrochai aussitôt, ravie de cette interruption providentielle.

— Un des lamas a une infection, m'informa mon frère sans attendre.

Je levai les yeux au ciel. Certaines choses ne changeaient pas, comme son incapacité chronique à dire bonjour.

— Bonjour à toi aussi, je vais bien, merci de demander. Et toi, comment ça se passe à la ferme ?

— Je dois partir chercher des compléments alimentaires, poursuivit-il comme si je n'avais pas parlé. Tu vas venir ou pas ?

— Comment se porte l'inconnue congelée ? Si

j'en crois le message d'April à ce sujet, elle est super canon. J'espère que tu lui as sorti le grand jeu ?

J'entendis un profond soupir de l'autre côté de la ligne, et je le connaissais assez bien pour savoir qu'il ne tarderait pas à me raccrocher au nez. Cela ne m'arrêta pas pour autant, car pousser Josh à bout demeurait un de mes passe-temps favoris. Il réagissait si vite que cela en était presque trop facile.

— Riley, commença-t-il d'un ton d'avertissement. Tu ne peux pas rester sérieuse cinq minutes ?

— Mais je suis sérieuse ! Tu dois avouer que ce n'est pas tous les jours qu'une inconnue tombe dans tes bras. Et au vu de ton dévouement pour devenir le plus grand ermite de ce pays, je pense simplement que tu devrais saisir toutes les occasions qui se présentent.

— Ramène tes fesses à la ferme et soigne ce foutu lama, grommela-t-il. Ah, et fais attention, ils ont une passion pour les seaux aujourd'hui.

Il raccrocha sans me laisser répondre, et je contins à peine mon ricanement. Le pauvre, s'il croyait s'en sortir aussi facilement, il avait oublié notre potentiel. April et moi avions des années de célibat à lui faire payer.

— Tu vas à la ferme ? demanda Zayden, dont j'avais presque occulté la présence.

— Oui, le temps de me préparer.

— Parfait, me coupa-t-il avec un sourire inquiétant. Je viens avec toi.

— Pardon ?

— Puisque je ne peux pas faire de motoneige, autant que je vienne voir ces fameux lamas. Il serait dommage que je passe à côté d'un des lieux emblématiques de cette ville.

La poisse.

Chapitre Dix

— Alors, c'est celui-là qui veut tuer ta sœur ?

Je me retournai brièvement. Zayden se tenait dans l'enclos, à quelques mètres de moi, et observait avec attention une des bêtes. Le lama lui rendait son regard, imperturbable.

— En chair et en os, confirmai-je en enlevant mes gants d'examen et en les jetant dans la poubelle improvisée. Je te présente Lamalle.

Je venais de contrôler l'infection à l'œil signalée par Josh et, après quelques minutes d'effort, j'avais réussi à administrer l'antibiotique au patient récalcitrant. Le lama se secoua brusquement, m'envoyant des gouttes de produit dans les cheveux. L'odeur se mêlait à celle du foin, créant cette combinaison si particulière des écuries que j'avais toujours rattachée à celle de la maison.

Ce qui n'était pas conventionnel, j'en convenais.

Pour beaucoup, cela correspondait plutôt à de la torture, mais je ne pouvais pas lutter. Associé aux odeurs de cuisine de ma mère, cela me ramenait plusieurs années en arrière.

Zayden n'avait pas beaucoup parlé jusqu'à présent, et s'était contenté d'écouter mes explications sur le fonctionnement de la ferme. À ma grande surprise, il avait eu l'air sincèrement intéressé. Il m'avait même aidée à attraper le pseudo-malade pour le conduire dans l'enclos abrité, et n'avait pas pris peur lorsque la moitié du troupeau était rentrée avec nous. Pendant les soins, il avait observé la scène avec un mélange d'amusement et d'incrédulité. Les lamas, quant à eux, avaient tourné autour de lui avec curiosité, leurs grands cous tendus dans sa direction, mais sans jamais l'approcher.

— Tu es sûre qu'ils sont toujours aussi expressifs ? demanda-t-il alors que trois d'entre eux avançaient vers lui en file indienne.

— Seulement quand quelque chose les intrigue.

Et, visiblement, Zayden les fascinait. Je ne pouvais pas leur en vouloir, j'avais moi-même bien du mal à arrêter de lui jeter des coups d'œil rapides. Il s'était changé avant de partir et avait opté pour un jean et un pull noir, le tout complété par une casquette de la même couleur et des gants. Bien entendu, plutôt que de lui donner un air négligé, cela mettait en avant son teint légèrement mat et ses yeux verts. L'un des lamas tendit le cou pour renifler sa manche, le faisant reculer d'un pas.

— Ils ne mordent pas, le rassurai-je en riant. Enfin, pas souvent.

— Très drôle.

Je profitai de son inattention pour ranger les affaires dans ma sacoche. Aucun animal n'avait tenté d'y voler quoi que ce soit, ce qui ne présageait rien de bon. Je les connaissais assez pour savoir qu'ils mijotaient quelque chose. Ou qu'ils visaient une cible plus importante.

— Tu t'occupais aussi de la ferme ? demanda-t-il.

— Pas vraiment. Joshua était celui qui travaillait avec notre père. Moi, je passais mon temps avec les animaux.

À tel point que ce dernier avait abandonné très tôt l'idée de me donner des corvées à faire, si elles n'avaient pas de rapport avec les lamas.

Un bruit sourd nous fit nous retourner. Deux jeunes se disputaient un seau, le renversant au passage. L'eau les éclaboussa, et ils sursautèrent comme s'ils découvraient ça pour la première fois.

— Ils ne sont pas très dégourdis, commenta Zayden en les regardant s'emmêler les pattes.

— Ne te fie pas aux apparences. Ces idiots sont plus malins qu'ils n'en ont l'air.

Comme pour confirmer mes propos, l'un d'eux se faufila derrière Zayden et attrapa sa casquette d'un geste vif. Il détala aussitôt, son trophée pendant de sa gueule, suivi par ses congénères qui semblaient ravis de ce nouveau jeu.

— Hey ! protesta Zayden en s'élançant à leur poursuite.

Je le regardai courir après la bande de voleurs, incapable de retenir mon rire. Les lamas zigzaguaient entre les poteaux, se séparant puis se regroupant comme s'ils avaient répété cette chorégraphie. Leur technique était bien rodée : dès que Zayden s'approchait de l'un d'eux, un autre surgissait pour récupérer la casquette, maintenant leur victime en perpétuel mouvement.

— Tu pourrais m'aider au lieu de te moquer ! hurla-t-il après une énième tentative ratée.

— Pourquoi ? T'as l'air de t'en sortir à merveille.

Il me fusilla du regard, mais son expression ne fit qu'accentuer mon hilarité. Voir le militaire, si stoïque en temps normal, courir après des lamas était un spectacle que je n'étais pas près d'oublier. Je me montrai cependant magnanime et attrapai une friandise de mon sac pour la lancer vers le milieu de l'enclos. Très vite, les animaux furent bien plus intéressés à l'idée de grignoter que par leur jeu.

Quand Zayden récupéra sa casquette sur le sol, il la fourra dans la poche arrière de son jean et me rejoignit en maugréant dans sa barbe. Il vint s'accouder sur la barrière à mes côtés, les joues rouges d'effort et les cheveux en bataille, ce qui lui donnait un air plus décontracté que d'habitude.

— C'est comme ça que tu as passé ton adolescence ? demanda-t-il en reprenant son souffle. À courir après des lamas farceurs ?

— Entre autres, répondis-je en souriant. Mais à l'époque, ils étaient moins organisés.

— Ça devait être chouette de grandir ici.

— Ça l'était. Même si parfois c'était dur, surtout quand il fallait se lever à l'aube pour nettoyer les box ou aider à la tonte. Mais j'aimais ça.

Un éclat de nostalgie passa dans ma voix. J'avais adoré ma vie à la ferme.

— Qu'est-ce qui t'a donné envie de devenir vétérinaire ? m'interrogea-t-il après quelques instants de silence. Ça ne devait pas être facile tous les jours.

Je me retournai vers lui, et souris en désignant le troupeau d'un geste de la tête.

— Ce sont eux, en fait. Il arrivait souvent que certains tombent malades, plus ou moins gravement. J'ai très vite pris l'habitude de participer aux soins. Parfois, je passais même des nuits entières à les veiller et à leur donner leurs médicaments, avec mon père. Et quand ils se rétablissaient, la sensation était indescriptible.

Parce que c'étaient des victoires qui avaient éveillé ma vocation.

— Le vétérinaire du coin me laissait l'accompagner pendant ses visites, continuai-je en riant sous cape lorsque les souvenirs remontèrent. Au début, je posais tellement de questions qu'il a menacé de me bâillonner.

Zayden rit doucement, un son grave qui me fit frissonner malgré moi.

— Et toi ? demandai-je. Comment on passe de civil à tireur d'élite ?

Il resta silencieux un moment, le regard dans le vague.

— Le hasard, principalement. J'étais perdu après le lycée, je ne savais pas quoi faire de ma vie. Un recruteur est venu un jour, il m'a parlé de discipline, de dépassement de soi. Ça a résonné en moi et réveillé quelque chose.

— Juste comme ça ?

— Non, admit-il avec un demi-sourire. J'avais aussi besoin de prouver quelque chose. À moi-même, sûrement. Et sans doute à mon père. Disons qu'il ne me pensait pas capable de grand-chose.

— Je suis désolée.

Par réflexe, je posai une main sur son avant-bras dans un signe de réconfort. Son regard s'attarda dessus et, au moment où j'allais me ressaisir et la retirer, il la serra dans la sienne.

— J'ai fait le deuil de ma famille il y a longtemps, reprit-il d'un ton plus léger en haussant les épaules. Et je n'ai pas eu une enfance horrible, ça aide.

Il me libéra et je laissai retomber mon bras, mes doigts picotant de ce contact prolongé. Je me forçai à détourner mon attention de ce geste banal en apparence.

Un mouvement sur notre gauche attira mon regard. Lamalle, profitant de notre discussion, avait réussi à ouvrir le loquet de l'enclos. Il se faufila dehors, suivi par deux de ses acolytes.

— Oh non, pas encore, soupirai-je. Ces bestioles vont me rendre chèvre.

Chapitre Onze

— Cette fois-ci, annonça Zayden d'un air déterminé en se redressant, ils ne vont pas gagner.

— Heu… commençai-je d'un ton incertain.

— Je pense que tu n'as pas saisi toute la gravité de la situation, m'interrompit-il en s'accroupissant derrière la barrière. On a des fugitifs expérimentés, dirigés par un leader machiavélique.

Je retins avec difficulté mon rire devant son expression mortellement sérieuse. Il observait les lamas comme s'il préparait une opération de la plus haute importance, et non la capture d'animaux maladroits qui s'emmêlaient les pattes à la moindre occasion.

— Tu ne crois pas que tu exagères un peu ?

— Absolument pas. Regarde leur formation.

Il désigna d'un geste les deux complices de Lamalle qui zigzaguaient entre les arbres. Leur chef les avait abandonnés dès la première occasion, filant dans la direction opposée avec une ruse qui ne m'étonnait même plus.

— Ils essaient de nous distraire pendant que le cerveau de l'opération s'échappe, poursuivit-il. C'est une technique classique.

— Si tu le dis, *Captain America.*

Son regard noir ne fit qu'accentuer mon hilarité. Il se pencha vers moi, si proche que je sentis son souffle sur ma joue.

— Tu te moques, mais dans deux minutes, ils seront de retour dans leur enclos.

Un frisson me parcourut l'échine, et je doutai que ce soit uniquement dû au froid. Je m'écartai légèrement, troublée par sa proximité.

— Vraiment ? le provoquai-je en entrant dans son jeu. Et comment comptes-tu t'y prendre ?

Un sourire en coin étira ses lèvres.

— Observe et apprends.

Sans un mot de plus, il se faufila hors de l'enclos et partit en courant vers la forêt qui entourait la ferme. Je le perdis de vue un instant, et j'en profitai pour sortir mon téléphone portable. Quoi qu'il se passe pendant cette chasse, je voulais des preuves – et un moyen de pression si nécessaire. L'enregistrement de la vidéo se lança au moment où Zayden s'accroupit derrière un arbre.

Ses mouvements étaient fluides, presque félins, et je devais admettre qu'il y avait quelque chose de fascinant à l'observer se déplacer ainsi. Même s'il se contentait de courir après des lamas.

Ces derniers ne l'avaient pas repéré, trop occupés à chercher de l'herbe sous la neige. Ils n'étaient clairement pas les chips les plus croustillantes du paquet.

Et encore moins les castors les plus utiles du barrage.

Je retins mon souffle lorsque Zayden s'approcha d'eux par l'arrière, rampant presque au sol. Et, sans un bruit, il s'élança hors de sa cachette pour atterrir devant les lamas. En un mouvement rapide et précis, il attrapa les licols qu'ils portaient et poussa un cri de victoire.

Les deux fugitifs se retrouvèrent enfermés avant même d'avoir compris ce qui leur arrivait. Leurs expressions interloquées, couplées avec celle triomphante de Zayden, me firent éclater de rire.

— Ça vous apprendra, les nargua-t-il en me suivant en dehors de l'enclos, bande de fugitifs.

— Bien joué, avouai-je en riant encore. Je vois que ta formation militaire sert à quelque chose.

— Mes instructeurs seront ravis de le savoir.

Un hennissement indigné nous ramena au présent. Les deux lamas nous fixaient d'un air offensé, visiblement vexés d'avoir été dupés aussi facilement.

— C'est quoi ce cri ? s'étonna Zayden, clairement interloqué par l'espèce de ricanement qu'ils faisaient.

— Je crois qu'ils complotent ta mort.

On recula tout de même de quelques pas par

précaution, car ces deux bêtes pouvaient cracher, contrairement à d'autres du troupeau. Je ne tenais pas à en faire les frais.

— Tu veux qu'on aille chercher le dernier ? demanda-t-il en se tournant vers moi.

— Pas besoin, il a l'habitude de se promener sur la propriété. Il sera de retour à l'heure de manger, il ne ratera jamais ça.

— Tu as l'air bien sûre de toi.

— C'est sa routine depuis des années. Il s'évade, se balade un moment, puis revient quand son estomac le rappelle à l'ordre.

Je sortis mon portable de ma poche, cherchant le numéro d'April. Elle décrocha à la première sonnerie.

— Quoi ? demanda-t-elle d'une voix méfiante.

— Je voulais juste te prévenir que ton meilleur ami s'est échappé.

Un silence pesant suivit ma déclaration, et je m'obligeai à ne pas en rajouter.

Pas encore.

— Lamalle ? couina-t-elle. Tu plaisantes ?

— Pas du tout. Je pense qu'il est parti dans la direction de ton loft.

— Oh mon Dieu, gémit-elle. Il va venir me dévorer dans mon sommeil, c'est ça ?

Je retins difficilement mon rire en entendant la panique dans sa voix. Ma sœur était une femme accomplie, qui dirigeait sa vie d'une main de maître, mais elle perdait toute rationalité dès qu'il s'agissait de ces animaux.

— Qui sait ? la taquinai-je. Il t'en veut peut-être encore pour la dernière fois.

— Quelle dernière fois ?

— Souviens-toi quand tu as refusé de lui donner une pomme.

— C'était il y a quinze ans ! protesta-t-elle.

— Les lamas ont une excellente mémoire.

Elle marmonna quelque chose d'incompréhensible avant de raccrocher brusquement. À mes côtés, Zayden secouait la tête, partagé entre l'amusement et l'incrédulité.

— Tu es cruelle avec ta sœur.

— Elle l'a cherché. Elle y réfléchira à deux fois avant de parler trop fort au milieu des clients.

Il s'approcha pour m'aider à ranger le matériel de soin. Comme tout ce qu'il faisait, ses gestes étaient précis et méthodiques, jusque dans les tâches les plus banales.

— Tu regrettes ? demanda-t-il soudainement.

— De quoi ?

— D'avoir quitté tout ça.

Je jetai un regard circulaire à la ferme, aux enclos, aux lamas qui vaquaient à leurs occupations. Les souvenirs affluèrent : les longues journées d'été à travailler sous le soleil, les nuits d'hiver à veiller les nouveau-nés, les moments de joie comme de peine.

— Non, répondis-je après un instant. J'aime ce que je fais maintenant. Ou du moins, ce que je faisais avant que tout parte en vrille.

Il hocha la tête, compréhensif. Son épaule effleura

la mienne alors qu'il se penchait pour ramasser une brosse, envoyant une décharge électrique dans tout mon corps.

— Tu devrais vraiment réfléchir à la proposition d'Harper, dit-il doucement. Ce serait dommage de laisser quelques enfoirés te voler ta passion.

Je tournai le regard vers lui, surprise par la véhémence dans sa voix. Il était plus proche que je ne le pensais, et je distinguai à nouveau ces paillettes dorées dans ses yeux qui me fascinaient tant.

— Comment tu sais ça ? m'étonnai-je. Micah est déjà au courant des plans de sa sœur ?

— Non, admit-il. Je t'ai entendue au téléphone hier soir, tu étais sur haut-parleur.

Savoir qu'il avait écouté ma conversation me laissa quelque peu déboussolée, je ne savais pas quoi faire de cette information.

— Je vais y songer sérieusement, murmurai-je après un instant.

Un hennissement moqueur brisa le moment. Les deux lamas nous observaient par-dessus leur barrière, l'air de dire qu'ils n'étaient pas dupes de notre petit manège.

— On devrait y aller, marmonnai-je en m'écartant. Je ne veux pas gérer une mutinerie en plus du reste.

Zayden acquiesça en souriant, et nous nous dirigeâmes vers la voiture. Un silence confortable s'installa, comme si quelque chose avait changé dans notre dynamique.

— Au fait, lança-t-il alors que je démarrais. Je maintiens que ces lamas sont des agents doubles.

Son ton si sérieux me fit éclater de rire.

— Tu es impossible.

— Dit celle qui terrorise sa sœur avec des histoires de lamas vengeurs.

Je lui jetai un regard en coin, surprise de constater à quel point son sourire m'était devenu familier. Même si je ne l'aurais jamais avoué à personne.

Chapitre Douze

L'eau gelée me fit pousser un cri strident. Je reculai précipitamment, me cognant contre le mur carrelé de la douche. Alors que je rinçais mon shampoing, l'eau chaude avait disparu pour laisser place à un froid glacial. Ce qui ne devrait pas être possible, étant donné qu'elle se rechargeait la nuit. J'essayai plusieurs fois de tourner le robinet, priant pour que ce ne soit qu'un problème temporaire.

En vain.

Je sortis en grelottant, enroulée dans une serviette, et m'approchai du chauffe-eau, caché dans le placard intégré de la salle de bain. Malgré mes tentatives pour le régler – qui se limitaient à appuyer sur tous les boutons disponibles –, rien n'y fit. Je n'étais pas douée, mais j'en savais assez pour comprendre que ce n'était pas normal.

La sensation de déjà-vu me frappa. Cette panne

ressemblait étrangement à celle du jacuzzi, quelques jours plus tôt. Une coïncidence qui n'en était clairement pas une.

Et je connaissais le responsable !

Je serrai les dents quand ma frustration monta d'un cran. Il se vengeait pour les clés de la motoneige, j'en étais certaine. Je refusais de terminer ma douche ainsi, et surtout pas avec du shampoing plein les cheveux. Puisqu'il était parti s'entraîner à l'aube – qui faisait ça, sérieusement ? – je ne comptais pas laisser passer cette occasion. Si je me débrouillais bien, il ne saurait même pas que j'étais venue.

Sa salle de bain était un peu plus petite que la mienne, mais lorsque je testai l'eau, sa température était parfaite. Évidemment ! Je me mis sous le jet avec bonheur, savourant la chaleur qui dénouait mes muscles. Je terminais tout juste de me rincer les cheveux quand un bruit me fit sursauter.

La porte de la chambre venait de claquer.

Mon cœur s'arrêta une fraction de seconde, avant de repartir à toute vitesse. Des pas se rapprochèrent et je retins mon souffle, priant pour que ce soit mon imagination. En vain car la seconde suivante, je l'entendis entrer dans la salle de bain et sa haute silhouette apparut dans l'encadrement de la porte.

— Qu'est-ce que tu fais là ?

La voix de Zayden, basse et rauque, me fit fermer les yeux.

La poisse. Encore.

— Je prends une douche, répondis-je en tentant de garder un ton détaché. Ça ne se voit pas ?

— Dans ma salle de bain ?

— Je n'ai plus d'eau chaude. Un problème technique, apparemment.

Je l'entendis s'approcher, ses pas résonnant sur le carrelage. La paroi d'un gris fumé nous empêchait de nous voir nettement, mais je cachai tout de même ma poitrine avec mon bras par réflexe. Il s'arrêta devant moi, et je devinai à sa silhouette qu'il avait retiré son haut, sans doute en entrant dans sa chambre.

Une bonne chose que cette paroi nous sépare, car j'aurais eu du mal à contrôler mon regard.

— Un problème technique ? répéta-t-il d'une voix amusée, me sortant de mes pensées. Comme pour le jacuzzi ?

— Exactement.

— Quelle coïncidence.

Je maugréai dans un souffle, exaspérée par son ton ironique.

— Tu es fier de toi ? lançai-je. C'est ta vengeance pour les clés ?

— Je ne vois pas de quoi tu parles.

Le silence s'installa, uniquement brisé par le bruit de l'eau qui continuait de couler. La tension était palpable, différente de nos disputes habituelles. Plus électrique.

Bien plus dangereuse.

— Tu comptes rester planté là encore longtemps ? demandai-je après un instant.

— C'est ma salle de bain.

— Et je suis sous la douche.

— Je ne vois rien.

Son ton s'était fait plus rauque, presque caressant, m'envoyant des frissons le long de la colonne vertébrale. La chaleur qui m'envahit n'avait aucun rapport avec celle de l'eau.

— Ce n'est pas une raison pour rester, répliquai-je en essayant de conserver une voix ferme.

— Vraiment ? Je trouve ça plutôt équitable. Tu squattes mon espace, je te surveille pour être sûr que tu n'en profites pas.

Je risquai un coup d'œil vers la paroi. Sa silhouette n'avait pas bougé, et je devinai qu'il s'était appuyé contre le lavabo, les bras croisés. L'image de son torse couvert de sueur après son entraînement me traversa l'esprit, et je sentis mes joues rougir en réponse.

— Je ne fais que me doucher, protestai-je faiblement.

— Dans ma salle de bain.

— Parce que tu as saboté la mienne !

Son rire grave résonna dans la pièce, et je frissonnai à nouveau. Il fallait que cet échange s'arrête avant que je ne fasse quelque chose de stupide.

Comme ouvrir la porte et me jeter sur lui.

— Tu n'as aucune preuve, contra-t-il alors que je devinai son haussement d'épaules nonchalant.

— Je n'en ai pas besoin. Seul un militaire peut

être aussi méthodique dans sa vengeance. Ou un psychopathe.

— Dit celle qui a volé mes clés.

— Je ne vois pas de quoi tu parles.

J'employai volontairement ses mots, le faisant ricaner. Je me surpris à sourire malgré moi.

— Tu en as encore pour longtemps ? demanda-t-il après un moment.

— J'irais plus vite si tu me laissais tranquille. Et si tu es pressé, tu peux toujours utiliser ma douche. Elle est libre.

— Très drôle.

Sa voix devint plus rauque si c'était possible, me donnant la chair de poule malgré l'eau chaude. Je le vis bouger, et sa silhouette se rapprocha. Pendant une seconde folle, je crus qu'il allait entrer.

— Tu devrais sortir, murmura-t-il si bas que je faillis ne pas l'entendre.

— Ou tu devrais me rejoindre.

Les mots m'avaient échappé avant que je puisse les retenir. Un silence pesant suivit ma provocation, et j'arrêtai presque de respirer dans l'attente. Je ne savais pas ce qui était le mieux. Qu'il ignore mes paroles, ou qu'il saisisse ce défi.

— Tu joues à un jeu dangereux, Riley.

Son ton m'envoya une décharge électrique dans tout le corps. Il y avait quelque chose de presque sauvage dans sa voix, une promesse pleine de non-dits qui me frappa de plein fouet.

Je ne répondis pas et le silence qui s'étira entre nous devint tendu au fil des secondes qui s'écoulaient.

Finalement, après ce qui me sembla être une éternité, je le vis reculer et se rapprocher de la sortie.

— Je vais utiliser ta douche, dit-il. L'eau froide me fera du bien.

La porte se referma derrière lui, et je me retrouvai seule avec un cœur qui battait la chamade et une sensation de vertige. Les yeux fermés, je savourai le jet sur mon visage, le temps que mon rythme cardiaque se calme.

Il avait raison, nous venions de commencer un jeu dangereux.

Chapitre Treize

Les guirlandes accrochées aux différents chalets clignotaient au rythme des chants de Noël qui résonnaient sur la place. Les odeurs de vin chaud et de cannelle flottaient dans l'air, accompagnées par le brouhaha de la foule qui se pressait devant les stands illuminés. Une atmosphère festive qui me donnait envie de fuir à toutes jambes. J'étais venue avec un objectif précis, et j'avais calculé mon escapade soigneusement. Tout pour croiser le moins de monde possible.

Une opération au succès mitigé, puisque j'avais réussi à tomber sur mon frère par hasard – et j'en avais bien entendu profité pour me moquer de son sourire niais –, tout comme Sam et Nick, des amis de Josh.

Cerise sur le gâteau, lorsque j'étais enfin arrivée au stand d'April, cette dernière avait réduit mes rêves en cendres.

Il ne restait plus rien.

Lorsque je me retournai pour partir, ce fut pour découvrir Zayden appuyé contre un lampadaire, une assiette en carton à la main. Une part de tarte trônait dessus, et je reconnus immédiatement la garniture caramélisée.

Le traître !

Sans attendre, je le rejoignis, mais lorsque nos regards se croisèrent, mon cœur rata un battement et mes pas ralentirent. Si je pensais pouvoir laisser de côté l'incident de ce matin et oublier son existence, je me trompais.

La preuve en était lorsque ses yeux descendirent le long de mon corps avant de remonter jusqu'à mon visage, où il s'attarda.

Il fut le premier à briser le silence, et leva sa cuillère en bambou dans ma direction.

— Tu en veux ? demanda-t-il d'un ton ironique, un sourire au coin des lèvres.

Je m'approchai davantage, consciente de l'air qui semblait crépiter entre nous.

— Est-ce que tu m'attendais ? le taquinai-je.

— Peut-être.

Il porta un morceau à sa bouche avec une lenteur délibérée, et je suivis le mouvement malgré moi. Le connaissant, il cherchait à me narguer.

— Riley ? Ma chérie, c'est bien toi !

Je sursautai violemment au son de cette voix familière. Martha Wilson, une ancienne institutrice de Holly Springs, s'approchait de nous d'un pas vif, son mari sur les talons. Le couple nous observait avec une curiosité non dissimulée. Je manquai de peu de grimacer, sachant ce qui allait suivre.

— Madame Wilson, la saluai-je poliment. Comment allez-vous ?

— Oh, très bien ! Mais dis-moi plutôt qui est ce charmant jeune homme ?

Je jetai un coup d'œil à Zayden qui s'était redressé, abandonnant sa pose nonchalante. Son expression était redevenue plus neutre, malgré le sourire en coin qu'il m'adressa.

— Je vous présente Zayden, un ami, répondis-je bien malgré moi.

Je savais qu'en cédant à leur curiosité, je ne ferais qu'aggraver les rumeurs. Un étranger dans cette ville ne passait jamais inaperçu et, avec plus de courage, j'aurais pris plaisir à me renseigner sur leurs hypothèses les plus folles.

— Un ami ? répéta Martha en haussant un sourcil lourd de sous-entendus. April nous a dit que vous partagiez le chalet des Macrae.

Évidemment. April la pipelette avait encore frappé. Il faudrait que je lui organise un tête-à-tête avec Lamalle avant Noël.

— Il y a eu une erreur dans le planning, précisai-je rapidement. On ne savait pas que le logement était déjà pris.

— Bien sûr, bien sûr, intervint Richard Wilson avec un clin d'œil pas du tout subtil. Quel hasard !

Je poussai un grognement peu féminin lorsque

Zayden se rapprocha imperceptiblement. Son bras effleura le mien, envoyant des frissons malvenus le long de ma colonne vertébrale.

— Vous connaissez Riley depuis longtemps ? demanda-t-il soudainement.

— Oh oui ! s'exclama Martha avec enthousiasme. Je l'ai eue dans ma classe quand elle n'avait même pas six ans. Elle passait son temps à dessiner des lamas dans ses cahiers au lieu de suivre mes cours de mathématiques.

— Vraiment ? s'amusa-t-il en me jetant un regard en coin.

— Ne commence pas, le prévins-je à voix basse.

— Elle était déjà têtue comme une mule à l'époque, ajouta la vieille dame avec une fausse sollicitude. Ça n'a pas changé, apparemment.

— En effet, confirma Zayden avec un sourire que j'aurais voulu lui faire ravaler. J'en fais les frais tous les jours.

Les Wilson échangèrent un regard entendu qui me donna envie de disparaître sous terre. Ou de frapper Zayden.

Ou les deux, par mesure de précaution.

— Je suis tellement contente de te voir avec quelqu'un, ma chérie, reprit Martha en posant une main sur mon bras. On avait peur que tu choisisses le mauvais après Tyler.

— Et si l'on passait au stand de vin chaud ? la coupai-je en plaquant un sourire sur mon visage. Il commence à faire froid.

— Tyler ? répéta Zayden, son ton devenant tendu. Le type de l'autre jour ?

— Oui, répondis-je succinctement.

— Son premier amoureux ! lança Martha au même moment.

Je fermai brièvement les yeux, priant pour que la terre s'ouvre sous mes pieds. Ou qu'un éclair nous frappe tous.

À ce stade, j'étais prête à accepter un enlèvement par des extraterrestres. Après tout, il existait beaucoup de livres de romance avec cette base et les héroïnes avaient l'air plutôt contentes de leur sort.

À condition d'aimer les cornes et autres attributs douteux.

Comme rien ne se produisit, si ce n'était le rire sous cape de Zayden, je pris mon ton le plus implacable.

— On devrait vraiment y aller, insistai-je. On a encore des cadeaux à acheter.

— Bien sûr, acquiesça Martha avec un sourire bienveillant. On ne va pas vous retenir plus longtemps. Les jeunes ont besoin d'intimité.

Je marmonnai un au revoir rapide et m'éloignai, consciente que Zayden me suivait. Lorsque nous fûmes hors de portée, je me tournai vers lui, prête à l'affronter.

— Pas un mot, le prévins-je.

— Je n'ai rien dit.

— Mais tu en meurs d'envie.

Son sourire s'élargit et il me tendit son assiette en gage de paix.

— Tiens, se moqua-t-il, tu sembles en avoir plus besoin que moi.

Nos doigts se frôlèrent quand je pris le plat, envoyant une décharge électrique dans tout mon bras. Pendant une seconde, je me demandai ce que cela ferait de sentir ces mêmes doigts sur ma peau.

— Merci, murmurai-je en reculant d'un pas.

Son regard s'assombrit légèrement, comme s'il suivait le même fil de pensées que moi.

— Tu m'es toujours redevable après ce matin.

— Je croyais que tu préférais l'eau froide ?

Les mots m'avaient échappé avant que je puisse les retenir. Son expression se fit prédatrice, et je sus que j'avais franchi une ligne invisible.

— Fais attention, Riley, murmura-t-il en se penchant vers moi. Je pourrais décider de me venger.

— Encore ?

— Toujours.

Je déglutis difficilement, consciente que nos chamailleries habituelles prenaient une autre tournure. Le jeu avait changé, devenant plus dangereux.

Et aucun de nous ne semblait vouloir s'arrêter.

— Tu es insupportable, marmonnai-je après un instant en détournant le regard.

— Dit celle qui utilise ma douche sans permission.

Je sentis mes joues chauffer au souvenir de notre

échange. Le sous-entendu était limpide, tout comme la lueur dans ses yeux quand je les croisai à nouveau.

Pour y échapper, je croquai dans la tarte. La saveur du sirop d'érable explosa sur ma langue, me faisant gémir de plaisir.

— Tu ne plaisantais pas en disant que tu l'adorais, constata-t-il d'une voix rauque.

— Je ne plaisante jamais sur la nourriture.

— Je commence à voir ça, murmura-t-il presque pour lui-même.

Lorsque je mangeai un autre morceau, il suivit le mouvement de mes lèvres. J'arrêtai à mi-chemin la cuillère de ma bouche devant l'intensité de son regard, osant à peine respirer.

— Tu aimes jouer avec mes nerfs, soupira-t-il en se redressant.

Il était plus proche que je ne le pensais. Assez pour que son parfum m'enveloppe, un mélange boisé et épicé qui me donna le vertige.

— Je ne vois pas de quoi tu parles.

— Non ? demanda-t-il en se penchant vers moi. Alors c'était quoi ce matin ?

— Une urgence. J'avais du shampoing plein les cheveux.

— Et maintenant ?

—Maintenant, j'ai faim.

Pour appuyer mes propos, je pris une nouvelle bouchée sans le quitter des yeux. Son regard s'assombrit, et sa mâchoire se serra. Une partie de moi voulait continuer à le provoquer pour voir jusqu'où je pouvais aller.

L'autre me hurlait de fuir avant qu'il ne soit trop tard.

— Tu te lances dans un jeu dangereux, Riley, répéta-t-il encore une fois.

Cette fois, je ne reculai pas.

— Tu l'as déjà dit.

— Et tu n'écoutes toujours pas.

— Peut-être que je n'en ai pas envie.

Il leva la main pour repousser une mèche de cheveux de mon visage, et la passer derrière mon oreille. Mon cœur battait si fort que j'étais persuadée qu'il pouvait l'entendre.

— Peut-être que tu devrais.

— Sans doute.

Il garda le silence, le regard ancré au mien. La foule autour de nous avait disparu, tout comme la musique et les odeurs de nourriture. Il ne restait plus que cette tension électrique entre nous qui menaçait d'exploser à tout moment.

Un bruit de vaisselle brisée nous fit sursauter. La réalité revint brutalement, accompagnée des cris des enfants et des chants de Noël diffusés dans les haut-parleurs de la place.

— Je devrais y aller, murmurai-je en reculant d'un pas. J'ai encore un cadeau à acheter.

Le sien, mais aucune chance que je le lui avoue.

— Tu fuis ?

— Non, je crois que vous, les militaires, vous appelez ça une retraite stratégique.

Il rit doucement, brisant une partie de la tension.

— Je vais t'accompagner, il me manque aussi quelques trucs.

Je devrais refuser.

Vraiment.

Mais je n'étais pas connue pour être raisonnable.

— Comme tu voudras, cédai-je d'un ton que j'espérais nonchalant.

Chapitre Quatorze

La clochette de la boutique de souvenirs tintait régulièrement au rythme des clients qui entraient et sortaient. L'espace restreint était envahi par les décorations de Noël, et une odeur de cannelle flottait dans l'air. Une atmosphère qui n'avait pas changé depuis mon adolescence.

— Tu crois que ton frère apprécierait ça ? demanda Zayden en brandissant une boule à neige représentant un lama avec un bonnet.

Je m'approchai pour observer la chose hideuse, mes doigts frôlant les siens lorsque je la pris.

— Il risquerait plutôt de le brûler. En plus, il a des paillettes. La dernière fois qu'April lui a offert quelque chose avec des paillettes, ajoutai-je devant son air interrogateur, il l'a balancé par la fenêtre.

C'était bien pour cette raison que son futur bonnet en avait.

— Sérieusement ?

— Oui, c'était un cadre hideux qu'elle avait fabriqué en cours d'arts plastiques quand elle était petite. Elle n'avait même pas enlevé la photo de famille vendue avec.

Zayden étouffa un rire.

— Qu'est-ce qui s'est passé ?

— Notre mère l'a forcé à le chercher dans la neige pendant deux heures. April en a profité pour le bombarder de boules de neige depuis sa fenêtre.

— Et toi, qu'est-ce que tu faisais pendant ce temps ?

— Je comptais les points, bien entendu. Ça rendait Josh encore plus fou.

Il secoua la tête, amusé. Son sourire illumina soudainement son visage, et j'en oubliai presque de respirer.

— Tu as l'air d'avoir eu une enfance intéressante avec ton frère et ta sœur.

— T'as pas idée, confirmai-je en laissant mes yeux errer sur les étagères. Même cette boutique a eu droit à nos bêtises. Tiens, tu vois les cadeaux dans l'entrée ?

Il suivit mon geste du regard avant d'acquiescer d'un mouvement de la tête.

— Une fois, j'ai fait tomber tout un présentoir de cartes postales en essayant d'attraper un ours en peluche. Mme Cooper m'a obligée à les remettre dans l'ordre alphabétique des villes.

J'avais été une enfant plutôt maladroite, car j'étais toujours dans la lune. Quant à Mme Cooper, sa réputation la précédait. Elle détestait les gens, et pourtant, elle tenait le seul commerce purement touristique de Holly Springs. Sa logique me dépassait, mais cela faisait longtemps que je ne cherchais plus à la comprendre.

— Quel âge tu avais ? reprit-il en reposant le lama à sa place avec une concentration qui me fit glousser.

— Treize ans. Et le pire, c'est que je n'ai même pas eu l'ours à la fin.

Son rire grave me fit frissonner. Il se tenait si près que je le frôlai presque, et son coup d'œil m'informa que ma réaction ne lui avait pas échappé.

— Riley ? Quelle surprise !

Je me raidis dès que j'entendis cette voix insupportable, et me retournai pour trouver Tyler. Il nous observait avec un sourire que je lui aurais volontiers fait ravaler.

— Qu'est-ce que tu veux encore, Tyler ? soupirai-je.

— Je profite du marché, répondit-il en nous rejoignant. Je viens de croiser Martha, elle m'a parlé de toi.

Il attendit, comme si cette information était cruciale. Ou comme si j'en avais quelque chose à faire.

Son regard glissa alors vers Zayden, qui s'était imperceptiblement rapproché de moi. Je sentis plus que je ne vis son corps se contracter.

— On peut t'aider ? demanda-t-il.

Son ton aurait fait fuir n'importe qui de sensé. Malheureusement, Tyler n'avait jamais brillé dans ce domaine. Vraiment, comment avais-je pu tomber sous son charme ? On sous-estimait la dangerosité des hormones à l'adolescence.

— Je discute simplement avec une amie, répliqua-t-il avec arrogance. Tu pourrais te conduire comme un homme et nous laisser rattraper le temps perdu.

La colère monta en moi, chaude et familière. Derrière moi, je sentis Zayden se pencher subtilement en avant, au point que son torse touchait maintenant mon dos.

— Tu devrais partir, conseilla-t-il.

— Pourquoi ?

— Tu ne comprends vraiment pas quand une femme ne veut pas de toi, hein ?

Le ton de Zayden était devenu dangereusement bas et m'inquiéta. La dernière chose dont j'avais besoin, c'était que les deux en viennent aux mains. Tyler pouvait tout à fait le frapper pour affirmer sa supériorité.

J'avais entendu des rumeurs peu reluisantes à son propos après notre séparation, et il avait été impliqué dans de nombreuses bagarres. Au point d'être exclu de l'équipe de football juste avant d'obtenir son diplôme, et de perdre sa bourse universitaire.

J'attrapai le bras de Zayden pour le tirer vers la sortie, sachant très bien qu'il s'agissait de ma seule chance de mettre fin à tout ça. Je n'eus pas le temps de faire un pas que Tyler se mit à rire.

— Riley aime faire semblant de résister. Pas vrai, bébé ?

Mon estomac se retourna au surnom. Avant que je puisse réagir, il saisit une branche de houx sur l'étagère à côté de lui.

— Allez, embrasse-moi comme au bon vieux temps, dit-il en la levant au-dessus de nos têtes. Après tout, c'est la tradition qui veut ça.

Ce fut la goutte de trop. Sans réfléchir, je me retournai vers Zayden, glissai une main derrière sa nuque et l'obligeai à se pencher vers moi. Ses lèvres rencontrèrent les miennes dans un baiser aussi soudain que brutal.

Il demeura immobile pendant une fraction de seconde, avant de se ressaisir. Il enveloppa ma taille de son bras, collant mon corps contre le sien, puis il prit le contrôle. Toute pensée cohérente me quitta aussitôt. La chaleur de sa peau irradiait à travers ses vêtements, et je me surpris à vouloir me rapprocher encore.

Il embrassait avec une précision et une intensité dévastatrices, comme pour tout ce qu'il faisait.

Lorsque je m'écartai, le souffle court, le monde mit quelques secondes à reprendre sa place. Tyler avait disparu, tandis que plusieurs clients nous observaient sans aucune discrétion. Je reculai d'un pas, ne sachant pas comment me comporter.

— Je… balbutiai-je. C'était pour…

Les mots moururent dans ma gorge quand Zayden franchit la distance entre nous. Sa main se posa sur ma joue, son pouce caressant ma pommette.

Ses yeux s'étaient assombris, et mon cœur rata un battement devant leur intensité.

— Tais-toi, murmura-t-il avant de m'embrasser à son tour.

Cette fois, il n'y eut aucune hésitation. Le baiser était plus profond, plus exigeant, et contrastait avec la douceur de ses lèvres. Mes doigts s'accrochèrent à son pull alors que les siennes descendaient dans mon dos, me pressant contre lui.

Je perdis la notion du temps, jusqu'à ce que le gloussement d'une cliente me sorte de notre bulle. La réalité me frappa comme une douche froide. Je m'écartai brusquement, les joues en feu et le cœur battant beaucoup trop vite.

— Je dois… commençai-je, avant de m'interrompre. Josh m'attend.

Je fis un vague geste de la main, incapable de terminer une phrase cohérente. Comment expliquer que ce baiser, censé être une provocation, m'avait retournée au point que mes genoux tremblent ?

— Riley, murmura-t-il en avançant d'un pas vers moi.

La façon dont il prononça mon prénom, rauque et intense, me donna envie de l'embrasser à nouveau.

Ce qui était exactement la raison pour laquelle je devais partir.

— Des trucs importants, lâchai-je en reculant vers la sortie. Une histoire de lama.

Je m'enfuis avant qu'il ne puisse répondre, la brûlure de ses lèvres sur les miennes encore présente.

Chapitre Quinze

Le silence écrasant du chalet n'aidait en rien mes pensées à s'apaiser. Cela faisait des heures que je fixais le plafond de ma chambre, comptant et recomptant les lattes en bois, sans réussir à trouver le sommeil. Chaque fois que je fermais les yeux, mes angoisses prenaient le dessus. Je n'arrivais pas à me décider sur ce qu'il fallait que je fasse et même la proposition d'Harper ne parvenait pas à chasser mes doutes.

Pourtant, je savais que c'était la meilleure solution. Nous étions amies depuis pratiquement dix ans et, malgré quelques disputes, rien n'avait pu entacher notre relation. Elle avait ma confiance la plus totale.

Avec un soupir las, je repoussai les couvertures et me levai pour sortir de la chambre. La lueur de la lune filtrait à travers les fenêtres, baignant la pièce d'un reflet argenté. Le parquet craqua sous mes pas lorsque j'avançai dans le couloir, et je grimaçai en marchant sur la pointe des pieds. Les sons avaient tendance à raisonner la nuit, comme si le chalet prenait vie.

Ce ne fut qu'une fois au rez-de-chaussée que je m'aperçus qu'une faible lumière était allumée dans le salon. Je me dirigeai vers elle sans même réfléchir. La chaleur du feu de cheminée m'enveloppa dès que j'entrai dans la pièce, accompagnée par le crépitement des flammes. Zayden était assis sur le canapé, une tasse fumante entre les mains, le regard perdu dans le vague. Il ne portait qu'un pantalon de survêtement et un t-shirt, tenue décontractée qui contrastait avec son expression tourmentée. Je ne l'avais pas revu depuis notre baiser dans la boutique. À mon retour, il était déjà enfermé dans sa chambre et je m'étais empressée de faire de même, encore troublée.

Il releva la tête à mon approche, et quelque chose passa sur son visage. Une émotion que je ne parvins pas à déchiffrer.

— Toi non plus, tu n'arrives pas à dormir ? demandai-je en m'asseyant à l'autre bout du canapé.

— Non, admit-il en reportant son attention sur sa tasse. Cauchemars.

Le mot avait été prononcé si bas que je faillis ne pas l'entendre. Je ramenai mes jambes sous moi, cherchant une position confortable, tout en l'observant du coin de l'œil. Les flammes projetaient des ombres mouvantes sur lui, accentuant ses traits tirés.

— Tu veux en parler ?

— Ce n'est rien d'important.

— Zayden, murmurai-je, ce n'est pas bon de tout garder pour toi. Cela va finir par te détruire.

Il secoua la tête, repoussant ma tentative.

— Tu as déjà assez de soucis comme ça. Toi non plus, tu n'arrives pas à dormir.

— Ce n'est pas une compétition. Et parfois, ça fait du bien de se confier à quelqu'un qui n'est pas directement impliqué.

Son regard se perdit dans les flammes, et je le vis lutter intérieurement. Sa mâchoire se contracta à plusieurs reprises, comme s'il cherchait ses mots.

— Je ne suis pas doué pour ça, avoua-t-il après un long moment.

— Prends ton temps.

Il posa sa tasse sur la table basse dans un geste délibérément lent. Lorsqu'il reprit la parole, sa voix était si faible que je dus me pencher pour l'entendre.

— C'était censé être une mission de routine, commença-t-il d'une intonation rauque. Une simple reconnaissance, on était les renforts d'une équipe de la marine. On avait fait ça des dizaines de fois.

Une boule se forma dans ma gorge devant son expression hantée. Il se passa une main dans les cheveux, son anxiété presque palpable.

— Tout est allé tellement vite. Un instant, ils progressaient normalement, et la seconde d'après, ils étaient pris sous le feu ennemi.

Ses poings se serrèrent, ses jointures blanchissant sous la pression.

— J'étais en position, prêt à couvrir l'équipe. C'est mon job d'être leurs yeux et de les protéger. Mais je suis tombé dans leur piège pour nous distraire, et quand j'ai vu les hommes arriver par notre flanc, il était trop tard.

La douleur dans sa voix me brisa le cœur. Sans réfléchir, je me rapprochai et posai ma main sur la sienne. Il ne bougea pas, mais, après de longues secondes, son poing se décrispa légèrement.

— Ce n'était pas ta faute, murmurai-je.

— Si, ça l'était. J'aurais dû repérer les signes, anticiper les mouvements. Deux marins sont morts parce que j'ai raté quelque chose.

— Tu ne peux pas tout contrôler, Zayden. Parfois, les choses arrivent malgré nous.

Il tourna sa main pour entrelacer nos doigts, son pouce traçant des cercles sur ma peau. Ce geste simple semblait l'apaiser autant qu'il me troublait.

— Le pire, c'est que je continue à les voir. Dès que je ferme les yeux, la scène se rejoue dans mon esprit. J'entends leurs cris dans la radio, les coups de feu. Je me réveille en sueur, persuadé d'être toujours là-bas.

Je me rapprochai encore, jusqu'à ce que nos cuisses se touchent. Sa chaleur irradiait à travers le tissu fin de nos vêtements.

— C'est pour ça que tu es venu ici ? Pour t'éloigner de tout ça ?

— J'avais besoin de me retrouver seul pour faire mon deuil. Je voulais pouvoir repenser à tout ce qu'il s'est passé sans avoir quelqu'un qui me demande comment je vais. Et tu sais ce qui est ironique ?

— Non.

— Depuis que je suis arrivé, cette mission ratée a commencé à sortir de ma tête.

— C'est une bonne chose, non ?

Il haussa les épaules sans répondre. Je comprenais sa réaction. La culpabilité était une émotion puissante et il était difficile d'accepter de s'en détacher. Lorsque je repris la parole, ce fut d'une voix aussi douce que possible pour ne pas le brusquer.

— Tu as le droit de continuer à vivre, Zayden. C'est naturel d'avancer.

— Ce n'est pas ça.

— C'est quoi, dans ce cas ?

Son regard se posa sur moi, et la chaleur que j'y vis me coupa le souffle.

— C'est toi, murmura-t-il. Ta façon de me tenir tête, de me provoquer sans cesse. Même quand tu me rends fou, tu me rappelles qu'il existe autre chose que tout ce qu'on voit là-bas.

Je sentis mes joues chauffer sous l'intensité de ses mots.

— J'aime la manière dont tu t'enflammes quand quelque chose te tient à cœur, continua-t-il en se rapprochant imperceptiblement. La façon dont tes yeux brillent quand tu parles des animaux. Comment tu te mords la lèvre quand tu réfléchis, comme maintenant.

Je relâchai aussitôt ma lèvre, ne m'en étant même

pas rendu compte. Un sourire étira lentement sa bouche.

— Tu es magnifique quand tu rougis comme ça, souffla-t-il. Encore plus quand c'est à cause de moi.

Ses traits s'adoucirent légèrement, et sa main libre vint écarter une mèche de cheveux de mon visage. Ses doigts s'attardèrent sur ma joue, me faisant frissonner.

— Tu sais ce que j'aime aussi ? poursuivit-il d'une voix plus basse. Que tu squattes ma douche et voles mes clés.

La tension entre nous changea subtilement. Je sentis mon pouls s'accélérer en réponse.

— Je ne vois pas de quoi tu parles, répliquai-je en essayant de garder un ton léger.

— Non ? murmura-t-il en se penchant vers moi. Comme tu ne sais pas non plus pourquoi tu m'as embrassé tout à l'heure ?

Mon cœur rata un battement. Sa proximité m'empêchait de réfléchir correctement.

— C'était pour faire partir Tyler.

— Vraiment ?

Je déglutis difficilement. Ses yeux s'étaient assombris, et son pouce descendit le long de ma joue pour venir frôler mes lèvres.

— Une erreur de jugement ?

— Je ne crois pas, non.

Il se rapprocha encore, et son visage était si près du mien que nos souffles se mêlèrent.

— Dis-moi d'arrêter, murmura-t-il.

— Non.

Ce simple mot brisa ses dernières barrières. Ses lèvres trouvèrent les miennes dans un baiser lent, presque tendre. Différent de ceux que nous avions échangés plus tôt. Sa main glissa dans mes cheveux alors que je passai mes bras autour de son cou.

Lorsqu'il s'écarta, son front resta appuyé contre le mien.

— On ne devrait pas faire ça, souffla-t-il.

— Probablement pas.

— Ça risque de tout compliquer.

— Sans doute.

Malgré ses mots, il ne bougea pas. Ses doigts continuaient de caresser doucement ma nuque, envoyant des frissons dans tout mon corps.

— Tu me rends fou, tu sais ça ? reprit-il après un moment. Depuis le premier jour où je t'ai rencontrée chez Micah. Peu importe ce que je faisais, je n'arrivais pas à te sortir de ma tête.

Sans me laisser le temps de répondre, il m'embrassa à nouveau. Ce baiser ne contenait plus aucune tendresse. Il était profond, exigeant, comme s'il cherchait à me faire comprendre tout ce qu'il ne parvenait pas à dire. Sa peau était brûlante sous mes paumes lorsque je les glissai sous son haut.

Il grogna doucement et m'attira sur ses genoux. Ses lèvres quittèrent les miennes pour descendre le long de mon cou, déclenchant des frissons sur leur passage. Mes doigts tracèrent le contour des muscles de son torse, savourant leur fermeté. Dans un mouvement fluide, il fit passer son t-shirt par-dessus sa tête.

— On devrait peut-être monter, souffla-t-il contre ma peau.

J'acquiesçai, incapable de former des mots cohérents. Il se leva en me gardant contre lui, mes jambes nouées autour de sa taille, et nous amena dans sa chambre.

Chapitre Seize

Le froid me réveilla. Ma main partit en quête de Zayden, mais je ne rencontrai que des draps vides. J'ouvris les yeux, désorientée pendant quelques secondes. Les souvenirs de la nuit me revinrent progressivement, accompagnés par un sentiment de malaise grandissant.

Je me redressai, cherchant du regard un quelconque signe de la présence de Zayden non loin. La chambre était baignée par la lumière pâle du matin, révélant les vêtements éparpillés sur le sol. Les miens trônaient au milieu, comme une preuve de ce qu'il s'était passé entre nous. Je me levai et m'habillai rapidement, l'esprit en ébullition. Cette nuit avait été magique, mais la réalité reprenait ses droits avec la violence d'un coup dans le cœur.

Je ne savais pas ce qu'allait devenir ma vie d'ici quelques semaines. Je devrais choisir entre revenir ici ou rejoindre Harper à Columbus. Dans le second cas, il s'agissait de ma dernière chance pour faire ce que j'aimais et les risques étaient énormes. Sans parler du procès que nous allions certainement devoir intenter.

Quant à Zayden, les militaires étaient réputés pour déménager souvent et partir en mission pendant des mois. Une relation stable était compliquée et, si j'ouvrais ma clinique, je ne pourrais pas le suivre au gré de ses affectations. Mon métier ne me permettait pas de tout plaquer à chaque mutation de mon conjoint. Je me passai de l'eau fraîche sur le visage dans l'espoir de me réveiller.

En vain.

Mon reflet dans le miroir renvoya une image troublante. Des marques rouges parsemaient mon cou, vestiges de nos baisers passionnés, et je les effleurai du bout des doigts.

Cela ne devrait plus se reproduire.

Cette conclusion, la seule possible, me frappa comme un coup de tonnerre.

Quand je sortis enfin de la chambre, l'odeur du café me guida jusqu'à la cuisine. Zayden était debout devant la fenêtre, une tasse à la main. Je me figeai dans l'encadrement de la porte. Il portait un t-shirt gris et un pantalon de survêtement, une tenue décontractée qui ne masquait en rien la tension dans ses épaules. Lorsqu'il se retourna et que nos regards se croisèrent, je ne déchiffrai que du regret sur son visage.

Il était parvenu à la même conclusion que moi.

Je jurerais que mon cœur donna un grand coup dans ma poitrine.

Mon estomac se noua tandis que j'hésitai un instant sur la conduite à tenir. Ce moment de gêne me renvoya des années plus tôt, à l'époque de mes premiers petits amis, à l'âge où laisser tomber ses barrières était un exercice dangereux. Je détestais me sentir aussi gauche. Je pris une profonde inspiration pour me donner du courage et entrai dans la cuisine d'un pas que j'espérais décidé.

— Bonjour, murmurai-je en m'approchant du comptoir.

— Bonjour. Le café est encore chaud si tu en veux.

Je sortis une tasse du placard, consciente de son regard sur moi. Nos doigts se frôlèrent quand il me tendit la cafetière, et nous nous écartâmes brusquement, comme brûlés par ce contact.

Ainsi s'envola le flirt innocent entre nous.

— T'as bien dormi ? demanda-t-il d'un ton neutre.

— Oui, très bien.

Je grimaçai devant nos paroles empruntées et vides de sens. Cela ne nous ressemblait pas, même à l'époque où nous ne savions pas nous parler sans hurler. Je consultai mon téléphone dans l'espoir d'y trouver une diversion.

— Mon frère a envoyé un message, lançai-je pour meubler le silence. Lamalle est revenu à la ferme le soir même.

— C'est une bonne chose.

La conversation mourut aussi vite qu'elle avait commencé. Je reposai mon portable et me concentrai sur mon café, cherchant désespérément quelque chose à dire. N'importe quoi, afin de briser cette ambiance pesante.

— Je pense que la tempête est bel et bien derrière nous, reprit-il en désignant la fenêtre d'un geste vague.

Je suivis son regard. Le ciel était d'un bleu limpide, sans aucun nuage à l'horizon. Le manteau neigeux scintillait sous le soleil matinal, créant un paysage de carte postale. Un tableau parfait qui contrastait avec le chaos dans ma tête. Pour une fois, les chutes de neige seraient sans doute raisonnables pour les fêtes.

— Les autoroutes ne devraient plus être fermées, continua-t-il. On pourra rentrer chez nous.

La remarque me fit me raidir. Était-ce sa façon de me dire qu'il envisageait de partir ? Qu'il regrettait tellement ce qu'il s'était passé entre nous, qu'il préférait prendre la fuite ? Lui qui n'avait pas reculé en me voyant ici à son arrivée, alors qu'il cherchait si désespérément la solitude ?

— Oui, répondis-je après m'être éclairci la gorge, sans doute.

Je me rapprochai de la fenêtre, m'arrêtant à ses côtés sans vraiment le vouloir. Son parfum m'enveloppa, réveillant les souvenirs de la veille. La façon dont il m'avait embrassée, ses mains sur ma peau, la tendresse dans ses yeux.

Je secouai la tête, chassant ces pensées dangereuses.

— Tu as des projets pour aujourd'hui ? demandai-je pour me distraire.

— Je dois m'entraîner. Je vais sans doute repartir en mission dès mon retour.

Il but une gorgée de café, son regard se perdant au loin.

— Et toi ?

— Je vais passer à la ferme, il faut que je vérifie l'état du lama que j'ai soigné.

Ma voix s'éteignit. Ce n'était qu'une excuse pour mettre de la distance entre nous, nous le savions tous les deux. Un nouveau silence s'installa, encore plus lourd que les précédents. Je fixai mon café en le faisant tourner dans ma tasse, cherchant le courage d'aborder le sujet qui nous préoccupait.

— À propos d'hier soir…

— On devrait peut-être…

On s'interrompit en même temps, échangeant un regard à la fois gêné et exaspéré. Quel âge avions-nous pour nous comporter ainsi ? Il était temps que je reprenne le contrôle de mes nerfs et que je me secoue. Je l'incitai d'un geste vague.

— Vas-y.

— Cette nuit, c'était… commença-t-il en se passant une main dans les cheveux.

— Une erreur ?

— Non, me contredit-il aussitôt, ce n'était pas une erreur. Mais peut-être pas la meilleure idée qui soit.

Je hochai la tête, le cœur lourd. Comment une rupture, qui n'en était pas une, pouvait-elle me faire aussi mal à la poitrine ? Je frottai l'endroit incriminé sans m'en rendre compte, tandis que mon esprit cherchait des solutions qui n'existaient pas.

Le fait qu'on soit sur la même longueur d'onde aurait dû me soulager. Pourtant, la déception me laissait un goût amer sur la langue.

— Tu as raison, acquiesçai-je. On ne peut pas construire quelque chose là-dessus.

— Non, confirma-t-il d'un ton si doux que ma poitrine se contracta. Mon travail ne me permet pas d'avoir une relation stable.

— Et je ne sais même pas où je vais habiter dans deux semaines.

Mes doigts se crispèrent sur ma tasse alors que les mots suivants franchissaient la barrière de mes lèvres.

— C'était juste une nuit.

— Juste une nuit, répéta-t-il.

Sa voix était aussi neutre que possible, pourtant je crus y déceler une pointe de regret. À moins que ce ne soit mon imagination qui me jouait des tours.

— On peut rester amis ? proposai-je après un moment.

Un fantôme de sourire passa sur son visage, sans parvenir à percer.

— Bien sûr. Et je suis sûr qu'on trouvera plein de raisons de s'engueuler.

Je forçai un sourire devant sa tentative d'humour, même s'il n'avait rien de naturel. Je terminai mon café pour masquer mon trouble, me concentrant sur la chaleur du liquide plutôt que sur l'impression de perte qui m'envahissait.

Une seule nuit ensemble et cette discussion me faisait l'effet d'un coup de poignard en plein cœur. Cela n'avait aucun sens.

— Je vais me préparer pour aller à la ferme, annonçai-je en posant ma tasse dans l'évier.

Si je m'éloignais maintenant, alors il ne verrait pas à quel point ma gorge était serrée, ni les larmes menaçant de déborder de mes yeux. J'hésitai un instant sur le seuil de la cuisine.

— À plus tard.

— À plus tard, Riley.

Je montai dans ma chambre pour m'habiller, répétant une seule et unique phrase dans mon esprit.

C'était mieux ainsi.

Chapitre Dix-Sept

La même musique de Noël résonnait dans toute la rue principale, accompagnée par les rires des enfants et les conversations animées. Les décorations scintillaient sous le soleil d'hiver, créant une atmosphère féerique qui ne parvenait pas à me toucher. Je grognai presque devant toute cette magie des fêtes me laissant de marbre, tandis que je me frayais un chemin à travers la foule massée le long du parcours de la parade. Les gens s'agglutinaient déjà pour avoir les meilleures places, alors que le défilé ne commençait que dans une heure. J'enfouis mon nez dans l'énorme écharpe que je portais autour du cou, et pris la direction du Maple Vibe où Kate m'attendait.

— Riley ! m'interpella-t-elle dès que je poussai la porte.

Sans doute pour la première fois dans ma vie, je ne passai pas par le comptoir pour acheter une pâtisserie. J'aperçus brièvement ma sœur occupée avec un client, avant de rejoindre Kate à sa table.

Elle sortit deux paquets de son sac, un sourire malicieux aux lèvres. Hier encore, je me serais réjouie en imaginant la tête que ferait Josh en ouvrant son cadeau. Si Kate était la reine des tricots, elle ne reculait jamais devant un défi. Je savais sans même le regarder que le bonnet respecterait ma requête à la perfection.

— Le pompon brille dans le noir, m'informa-t-elle fièrement. Ça lui fera une surprise à découvrir.

— Tu es diabolique, ricanai-je en prenant le paquet. Il va me tuer.

— J'espère bien, c'est le truc le plus moche que j'ai jamais fait. Et celui-là, c'est l'écharpe que tu m'as demandée en urgence.

Mon sourire s'effaça quand elle me tendit le second emballage. Quelques jours plus tôt, j'avais passé commande pour Zayden, avec pour seule consigne qu'elle soit aussi hideuse que le bonnet. Un cadeau qui devait le faire râler, dans la lignée de nos chamailleries habituelles.

Avec un délai si court, Kate m'avait prévenue qu'elle devrait reprendre un autre projet annulé. Ce qui m'avait convenu parfaitement.

— Ce n'est plus nécessaire, murmurai-je. Je n'en aurai pas besoin, finalement.

Kate fronça les sourcils, son visage passant de la joie à l'inquiétude.

— Qu'est-ce qui s'est passé ? Je croyais que c'était pour ton mystérieux colocataire.

— C'est compliqué.

Elle me fixa un moment, puis poussa le paquet vers moi.

— Garde-la quand même. On ne sait jamais.

Je voulus protester, mais quelque chose dans son expression me fit renoncer à toute discussion. Je restai quelques minutes supplémentaires à bavarder avec elle, puis prétextai un rendez-vous pour m'enfuir. Dehors, la foule s'était encore densifiée, et j'espérais quitter le centre-ville avant qu'il ne soit trop tard.

Je me faufilai entre les piétons, quand une tête connue attira mon attention de l'autre côté de la rue. Sam était blottie dans les bras de Nick, un ami d'enfance de mon frère. Je les observai un instant, la gorge serrée. Ainsi, après toutes ces années, ils avaient enfin réussi à se retrouver. Elle se mit à rire lorsqu'il parla dans son oreille, son visage s'illuminant complètement.

Une pointe de jalousie me traversa, aussitôt remplacée par de la culpabilité. Sam méritait largement ce bonheur. Pourtant, je ne pus empêcher la douleur dans ma poitrine de se réveiller.

— Tu comptes rester plantée là encore longtemps ?

Je sursautai à la voix de mon frère. Il se tenait à mes côtés, les mains enfoncées dans les poches de son manteau et l'air aussi morose que moi.

— Je croyais que tu devais arriver plus tard, répondis-je en évitant sa question.

— Les trois mousquetaires sont devenus ingérables. Il a fallu que je les amène plus tôt.

Je suivis des yeux son geste du menton. Un peu plus loin, trois lamas attendaient sagement dans un enclos improvisé, déguisés en rennes avec des bois et des nez rouges. La vision était si incongrue que j'éclatai de rire.

— Ne te moque pas, grommela Josh. Soit je les sacrifiais, soit j'endossais le rôle de père Noël.

— J'aurais payé cher pour te voir en père Noël.

— Même pas en rêve.

Son ton bougon ne fit qu'accentuer mon hilarité. Les lamas observaient la foule de leur air hautain habituel, visiblement peu impressionnés par leur accoutrement.

— Comment va ta mystérieuse inconnue ? demandai-je après un moment.

Son visage se ferma instantanément.

— Elle est partie.

— Oh.

Je posai une main sur son bras, cherchant les mots justes.

— Je suis désolée.

Il haussa les épaules, mais je connaissais assez mon frère pour voir qu'il souffrait.

— C'est mieux comme ça, marmonna-t-il. Elle a sa vie ailleurs.

Je me mordis la lèvre pour retenir un commentaire. Ces mots résonnaient trop avec ma propre situation.

— Viens, décidai-je en le tirant par la manche. On va se chercher un chocolat chaud.

— Je dois surveiller les lamas.

— Ils ne vont pas s'envoler. Et, au pire, on les retrouvera chez April.

Un fantôme de sourire passa sur son visage. Je l'entraînai vers un stand, slalomant entre les familles qui commençaient à s'impatienter. Lorsqu'on réussit enfin à obtenir notre boisson, les premiers chars de la parade apparaissaient au bout de la rue, accompagnés par la fanfare du lycée.

— Tu n'étais pas censée venir avec quelqu'un ? demanda Josh en buvant une gorgée.

Je me figeai une seconde avant de me ressaisir.

— Non.

— April m'a dit que tu partageais le chalet avec quelqu'un.

Évidemment qu'il finirait par être au courant. Je soupçonnai la ville entière de l'avoir prévenu.

— Une simple colocation, répondis-je en me concentrant sur mon chocolat. Rien de plus.

Josh me dévisagea longuement, son regard passant de mon visage fermé à mes mains qui serraient ma tasse un peu trop fort.

— Tu veux en parler ?

— Pas vraiment. Et toi ?

— Pas vraiment non plus.

On échangea un clin d'œil complice. Les premières notes de *Jingle Bells* hurlèrent dans les haut-parleurs et l'on grimaça en même temps.

— Je déteste Noël, marmonna Josh.

— Non, c'est faux.

— Cette année, si.

— Je sais, soupirai-je. Moi aussi.

Un hennissement indigné nous fit nous retourner. Les lamas, visiblement vexés d'être ignorés, commençaient à s'agiter. L'un d'eux avait déjà réussi à attraper une guirlande accrochée à un stand.

— Je vais les tuer, gronda Josh.

— Non, tu ne vas pas le faire. Qui te fournirait en laine pour tes pulls hideux ?

— Tu peux parler ! C'est quoi ces paquets ?

Je serrai contre moi les cadeaux de Kate, comme si cela suffisait pour les protéger.

— Arrête d'essayer de changer de sujet. Et c'est rien d'important.

— Riley…

— Je te jure que si tu continues, je balance à tout le monde que tu pleures devant les films de Noël pendant nos soirées chez April.

— Je ne pleure pas ! protesta-t-il. C'est arrivé qu'une fois et j'avais une poussière dans l'œil.

Je ricanai devant son air outré et, l'espace d'un instant, le poids dans ma poitrine s'allégea. Avant de revenir de plein fouet.

— On est vraiment pathétiques, murmurai-je en regardant la parade passer.

— Complètement, confirma-t-il. Mais au moins, April n'est pas là pour se moquer de nous.

Chapitre Dix-Huit

Je n'avais pas prévu de revenir au chalet avant tard dans la nuit. J'aurais dû passer le réveillon de Noël chez Josh avec April, comme chaque année, malgré l'absence de nos parents. Pourtant, je me tenais dans l'allée, les bras chargés de plats préparés et le cœur lourd.

L'air froid me mordit le visage alors que je gravis les marches du perron. La neige crissait sous mes bottes, seul bruit dans le calme de la nuit. Je me figeai en remarquant de la lumière filtrant à travers les fenêtres. Zayden m'avait annoncé le matin même qu'il s'était résolu à prendre un avion et à rejoindre sa famille. Le chalet aurait dû être vide.

Je poussai la porte d'une épaule, prête à assommer le premier cambrioleur qui pointerait son nez avec la dinde que je portais. Avec ses presque dix kilos, la bestiole déplumée lui causerait au moins un traumatisme crânien.

Ce n'était pas un voleur.

Zayden se tenait debout devant la cheminée, une tasse à la main. Il semblait aussi surpris que moi de me voir.

— Je croyais que tu devais prendre l'avion, lâchai-je bêtement.

— Je croyais que tu passais la soirée en famille, contra-t-il sur le même ton.

On se dévisagea un instant, avant qu'un sourire ne vienne étirer ses lèvres.

— L'aéroport est fermé à cause d'une tempête de neige qui arrive dans la nuit, expliqua-t-il en s'approchant pour me débarrasser. Et toi ?

— Disons que mon frère a eu une visite surprise.

— Ce soir ?

— Le timing était excellent, commentai-je sans entrer dans les détails.

Je le suivis dans la cuisine où il déposa le tout sur le plan de travail. Son pull gris faisait ressortir la couleur de ses yeux, me rappelant douloureusement pourquoi j'avais passé ces derniers jours à l'éviter.

— Ça a sonné alors qu'on sortait la dinde du four, continuai-je en m'appuyant contre le comptoir. April et moi avons jugé plus sage de partir.

— Tu as fui le dîner de Noël ?

— C'était ça, ou Josh nous aurait foutues à la porte à coups de pied.

Son rire grave me fit frissonner, réveillant des souvenirs que je m'efforçais d'enfouir. Le silence s'installa, moins pesant que ces derniers jours, mais toujours chargé de non-dits.

— Tu veux manger ? lui proposai-je en désignant tout ce que j'avais ramené. April a eu pitié de moi et m'a cédé le repas.

Il acquiesça, mais ne bougea pas pour autant.

— Riley, commença-t-il au moment où j'ouvrais la bouche.

On s'interrompit en même temps, échangeant un regard mi-amusé, mi-exaspéré devant cet air de déjà-vu.

— Vas-y, l'encourageai-je.

Il passa une main dans ses cheveux. Ce geste m'était devenu si familier.

— J'ai menti, avoua-t-il. L'aéroport n'est pas fermé.

— Oh.

— Je n'ai pas pris cet avion parce que je ne voulais pas partir.

Mon cœur rata un battement tandis qu'il s'approchait de moi.

— Ces derniers jours ont été un enfer, continua-t-il d'une voix rauque. Te voir sans pouvoir te toucher, te parler sans pouvoir t'embrasser.

— On avait dit que c'était mieux ainsi, murmurai-je lorsqu'il s'interrompit.

— Et c'était probablement la décision la plus rationnelle.

— Mais ?

— Mais je n'arrête pas de penser à toi.

Sa main se posa sur ma joue, son pouce traçant le contour de ma mâchoire. Je fermai brièvement les yeux, savourant ce contact qui m'avait tant manqué en si peu de temps.

— J'ai accepté l'offre d'Harper, lâchai-je dans un souffle. Je vais ouvrir une clinique avec elle à Columbus.

— Je sais.

— Comment ?

— Harper me l'a dit. Elle pense que je devrais me battre pour toi.

Un rire nerveux m'échappa, pour dissimuler mon cœur qui s'emballait. Je redoutais de découvrir où pourrait nous mener cette conversation.

— Elle devrait vraiment arrêter de jouer les entremetteuses, répondis-je vaguement.

— Ça a pourtant plutôt bien marché avec nous.

Son autre main vint se poser sur ma hanche, m'attirant imperceptiblement vers lui.

— Zayden…

— Je sais que ce ne sera pas facile, me coupa-t-il. Mon travail m'oblige à partir en mission pendant des semaines et parfois, je n'ai que quelques heures pour me préparer. Mais je ne veux pas renoncer à nous avant même d'avoir essayé.

— Et si tu es muté ?

— On trouvera une solution, mais une mutation n'arrivera pas dans un futur proche. Pas tant que j'occupe ce poste, en tout cas. Et je refuse de laisser la peur de ce qu'il pourrait se passer nous empêcher de vivre le présent.

Je levai les yeux vers lui, cherchant la moindre trace d'hésitation sur ses traits, le moindre signe m'indiquant qu'il n'était pas sincère. Je n'y trouvai que de la détermination.

— Tu es en train de me dire que tu veux qu'on se lance dans une vraie relation ?

— Je suis en train de te dire que je suis en train de tomber amoureux de toi, Riley. Et que je veux voir où ça nous mène.

Quelque chose explosa dans ma poitrine. Sans réfléchir, je me hissai sur la pointe des pieds et l'embrassai. Il répondit aussitôt, ses bras m'enveloppant alors que les miens s'enroulaient autour de son cou.

— Je devrais peut-être te prévenir, murmurai-je contre ses lèvres. Je suis une catastrophe en cuisine.

— Je sais.

— Et je vole les clés des gens.

— J'ai remarqué.

— Sans oublier que j'ai une meilleure amie qui se mêle de tout.

— On survivra.

Il m'embrassa à nouveau, plus doucement cette fois.

— Par contre, reprit-il avec un sourire en coin, il va falloir qu'on établisse des règles claires pour le jacuzzi.

J'éclatai de rire, avant de le laisser m'entraîner vers

les escaliers. Nous devions rattraper les quelques jours perdus et profiter de ce séjour pour faire autre chose que de se battre.

Épilogue

— Tu réalises que je ne porterai jamais ça en public ? déclara Josh à travers l'écran de mon téléphone.

Je retins difficilement mon rire en observant mon frère agiter le bonnet tricoté par Kate. Les paillettes scintillaient à chaque mouvement, brillant même en plein jour. Vraiment, ce cadeau était parfait.

— April va adorer les photos, répliquai-je en m'enfonçant plus profondément dans le canapé. D'ailleurs, je devrais peut-être lui envoyer une vidéo.

— N'y pense même pas.

— Trop tard, intervint la voix de notre sœur. Je suis déjà en ligne avec vous.

Le visage d'April apparut dans un coin de l'écran, son sourire aussi large que le mien. Josh poussa un grognement qui aurait rendu ses lamas jaloux.

— Je vous déteste, marmonna-t-il en enfonçant le bonnet sur sa tête. Toutes les deux.

— Non, c'est faux, le contredit April. Tu nous adores.

— Pas quand vous vous liguez contre moi. En plus, il brille dans le noir !

— Considère ça comme une mesure de sécurité, proposai-je. Si tu te perds dans la nuit, on pourra te retrouver facilement.

Le rire de Zayden me fit sursauter. Je ne l'avais pas entendu arriver, trop occupée à faire râler mon frère. Il s'appuya contre le dossier du canapé, se penchant par-dessus mon épaule pour regarder l'écran.

— Je suis content de voir que je ne suis pas le seul à avoir eu droit à un cadeau empoisonné, lança-t-il en tirant sur son écharpe.

Au lieu des teintes criardes du bonnet, Kate avait repris une ancienne commande annulée. Mais elle faisait mon bonheur, car c'était une véritable carte postale de notre ville, le tout dans les couleurs si particulières des fêtes. Sans oublier les lamas, dont la présence incongrue me faisait rire dès que je posais le regard sur eux.

— T'avais un prix groupé ou quoi ? grommela Josh.

— Dire que Kate fait de si jolies choses, intervint April. D'ailleurs…

Elle s'interrompit alors qu'une voix masculine résonnait en arrière-plan. Je me redressai aussitôt, ma curiosité en alerte.

— C'était Emery ? demandai-je innocemment.

— Je ne vois pas de quoi tu parles.

— April…

— Il faut que je vous laisse ! On se voit plus tard pour le dîner !

Son visage disparut de l'écran avant même que je puisse insister. Josh secoua la tête, un sourire aux lèvres.

— Elle est impossible, soupira-t-il.

— Dit celui qui héberge une mystérieuse inconnue, le taquinai-je.

— Heather n'est plus vraiment une inconnue.

— Donc vous…

— Je raccroche.

Il joignit le geste à la parole et mon écran d'accueil s'afficha, me faisant soupirer. Ces deux-là étaient vraiment les pires lorsqu'il s'agissait de parler. En revanche, quand ils voulaient s'immiscer dans ma vie, ils devenaient les champions. Zayden s'assit à côté de moi et je me laissai aller contre lui.

— Tu as l'air satisfaite de toi, murmura-t-il contre mon oreille.

— Mon frère ermite sort enfin de sa tanière, comment ne pas l'être ? On insiste depuis des années avec April pour qu'il s'achète un téléphone, et Heather a réussi à le convaincre en quelques jours.

— En parlant de sortir de sa tanière…

Il se redressa et fouilla dans la poche de son jean, en sortant une petite boîte. Mon cœur rata un battement lorsqu'il me la tendit.

— Joyeux Noël, souffla-t-il.

J'ouvris avec précaution, pour découvrir un collier avec un pendentif rond. Et à l'intérieur, comme fossilisée, une fleur violette séchée reflétait la lumière du salon.

— C'est magnifique, murmurai-je en le sortant délicatement. Où as-tu trouvé ça ?

— Dans une des boutiques du marché de Noël. La vendeuse m'a dit que c'était une fleur de la région. Ça m'a fait penser à toi.

— Parce que je suis une fleur ?

— Parce que tu es aussi têtue qu'une fleur qui pousse dans des conditions impossibles.

Je lui donnai un coup de coude, le faisant rire. Il prit le collier de mes mains et l'attacha autour de mon cou, ses doigts s'attardant sur ma peau.

— J'aime beaucoup l'écharpe, dit-il après un moment. Même si je soupçonne que ce n'était pas le but.

— Techniquement, elle devait être aussi moche que le bonnet de Josh.

— Elle l'est. Mais je l'aime quand même, ou plutôt, j'aime ce qu'elle veut dire.

— Et qu'est-ce qu'elle veut dire ?

— Que même pendant nos coups bas, tu pensais à moi.

Son ton était devenu plus grave, et un lent sourire vint étirer ses lèvres.

— Je ne vois pas de quoi tu parles, niai-je avant de l'embrasser.

Ce ne fut que bien plus tard, alors qu'il préparait des pancakes et que je restais à distance par sécurité, que je reçus un message sur mon téléphone.

— Harper a trouvé le local parfait pour la clinique, lui annonçai-je en lisant la nouvelle. Elle n'a pas perdu de temps.

— Elle devait avoir déjà commencé à chercher.

— Je pense. Elle dit que c'est une ancienne maison transformée en commerce, avec un grand jardin. Et qu'il y a assez d'espace pour qu'on puisse faire une partie hospitalisation.

— Ça me semble pas mal, dit-il en retournant un pancake.

— Elle programme des visites la première semaine de janvier.

Je reposai mon téléphone au moment où il déposa une assiette devant moi. Le pancake était parfaitement doré, comme tous ceux qu'il faisait. Ses mains s'attardèrent sur mes épaules dans une caresse, tandis que je me laissai aller contre son torse.

— Tu sais, murmura-t-il en déposant un baiser sur ma tempe, je devrais peut-être remercier Harper et Micah pour leur complot.

— Ne leur donne pas cette satisfaction.

— Pourquoi pas ? Sans eux, nous n'aurions jamais passé autant de temps tous les deux. Et je n'aurais pas réalisé à quel point j'aime te voir sourire, ajouta-t-il plus doucement.

Mon cœur fit un bond dans ma poitrine. Je me

tournai vers lui, enroulant mes bras autour de son cou.

— Tu deviens sentimental, *Captain America*.

Il baissa la tête pour m'embrasser et, très vite, les pancakes furent oubliés. Peut-être que, finalement, je devrais aussi remercier Harper.

Après m'être vengée, bien entendu.

Un Bookboyfriend Pour...

As-tu fait la connaissance de tous les Bookboyfriends
de Noël ?

Un Farmer pour Noël de Tamara Balliana
Un Biker pour Noël d'Olivia Rigal
Un Player pour Noël d'Estelle Every
Un Hacker pour Noël d'Alix Froger

Et parce qu'on n'en a jamais assez, RDV le 7 février 2025 pour une fournée spéciale Saint Valentin !

Un Love Coach pour la St Valentin d'Estelle Every
Un ArnaCoeur pour la St-Valentin de Tamara Balliana
Un BadBoy pour la St Valentin d'Olivia Rigal
Un Gamer pour la St Valentin d'Alix Froger

www.monbookboyfriend.com

Lecture Gratuite

Pour lire un épilogue bonus sur Riley et Zayden, il suffit de suivre le lien ou le QR code :

https://bit.ly/3NU1biW

Quelques Mots

N'hésite pas à t'inscrire à ma newsletter. Au programme : des cadeaux sous forme de lectures gratuites, toutes les nouveautés et les news en avant-première.
https://bit.ly/32wZOQi
N'hésite pas également à donner ton avis en laissant un commentaire sur votre plateforme d'achat. Cela aiderait le livre à se faire connaître.

Pour me retrouver :
Instagram : https://www.instagram.com/emi.delma/

Page Facebook : https://www.facebook.com/
EmilieDelmaAuteure
Threads : https://www.threads.net/@emi.delma

Site web : www.emiliedelma.com

À très vite.
Love,
Émilie.